◎ 相约名家·"冰心奖"获奖作家作品精

CHENGZHANGDEGANJUE
ZHENHAO

成长的感觉
真好

阎耀明 著

高长梅　王培静/主编

九州出版社 JIUZHOUPRESS｜全国百佳图书出版单位

图书在版编目（CIP）数据

成长的感觉真好 / 阎耀明著. -- 北京：九州出版社，2013.5
（2024.4 重印）
（相约名家·冰心奖获奖作家作品精选 / 高长梅，王培静主编）
ISBN 978-7-5108-2094-6

Ⅰ.①成… Ⅱ.①阎… Ⅲ.①小小说 – 小说集 – 中国
– 当代②短篇小说 – 小说集 – 中国 – 当代③散文集 – 中国
– 当代 Ⅳ.①I217.2

中国版本图书馆CIP数据核字（2013）第084972号

成长的感觉真好

作　　者	阎耀明　著
出版发行	九州出版社
地　　址	北京市西城区阜外大街甲35号（100037）
发行电话	（010）68992190/3/5/6
网　　址	www.jiuzhoupress.com
电子信箱	jiuzhou@jiuzhoupress.com
印　　刷	三河市恒升印装有限公司
开　　本	710毫米×1000毫米　16开
印　　张	10
字　　数	144千字
版　　次	2013年5月第1版
印　　次	2024年4月第11次印刷
书　　号	ISBN 978-7-5108-2094-6
定　　价	49.80元

出版说明

冰心是我国现代文学史上著名的作家，她的儿童文学作品和散文在中国文学史上占有重要位置。

这里所说的"冰心奖"包括"冰心儿童文学艺术奖"和"冰心散文奖"。

"冰心儿童文学艺术奖"创立于1990年。创立以来，它由最初的单一儿童图书奖，发展为包括图书、新作、艺术、作文四个奖项的综合性大奖，旨在鼓励儿童文学作品的创作出版，发现、培养新作者，支持和鼓励儿童艺术普及教育的发展。其中，"冰心儿童文学新作奖"与"宋庆龄儿童文学奖"、"陈伯吹儿童文学奖"、"全国儿童文学奖"并称国内四大儿童文学奖。

"冰心散文奖"是一项具有权威的全国性的散文大奖。冰心生前曾是中国散文学会名誉会长，"冰心散文奖"是遵照其生前遗愿而设立的，旨在彰显我国散文创作的成就，不断评选出题材广泛、思想敏锐、着力表现现实生活，创作形式风格多样的优秀散文。"冰心散文奖"是与"茅盾文学奖"、"鲁迅文学奖"并列的我国文学界散文类最高奖项，也是中国目前中国散文单项评奖的最高奖。

《相约名家·冰心奖获奖作家作品精选》共收录近年来荣获"冰心儿童文学艺术奖"和"冰心散文奖"的三十位作家的作品。这些作品无论是小说还是散文，或抒写人间大爱，或展现美丽风光，或揭示生活哲理，或写实社会万象，从不同角度给青少年读者以十分有益的启迪。

随着中小学课程改革的深入与发展，让中小学生多读书、读好书早已成为共识。我社推出本套大型丛书，希冀为提升中国的基础教育、为青少年的健康成长尽一份力。

九州出版社

目 录
C O N T E N T S

目 录
C O N T E N T S

目 录

CONTENTS

目 录
C O N T E N T S

第一辑
红裙子
CHENGZHANGDEGANJUE
ZHENHAO

不买车票的小女孩

汽车开到实验小学站点时，雨终于落了下来。放学的小学生们跑着叫着跳上车，带进来一股股湿漉漉的凉气。女人招呼学生们坐下，接着就开始卖票。

当她走到一个梳着两只羊角小辫的小女孩面前时，小女孩很难为情地对女人说："阿姨，我手里一分钱也没有了。"

小女孩的眼睛里正流露出可怜巴巴的神情，身子并没有坐实，好像随时准备下车。女人就笑了笑，说："没关系，你坐着吧。"她还摸了摸小女孩的头。

坐在前面开车的男人不高兴了，嘴里"哧"了一声。"现在的孩子，可真了不得。"男人闷闷地说。

汽车开过一个个站点，几乎没有上车的，小学生们也一个个下了车。

车上，只剩下那个小女孩了。

雨不大，下得平平静静、津津有味。但汽车却很冲动，嗡嗡的发动机声越来越急躁，把男人的不高兴描述得十分详细。

到终点站了。小女孩对女人说："谢谢阿姨。"她跳下车，顶着雨跑了。

女人开始打扫车里的卫生。男人似乎对女人的不满还没有过去，一边收拾车一边说："就你的心眼儿好，她说什么你就信什么。"

女人说："一个孩子，可怜巴巴的，我咋能不让她坐？再说，不就是一块钱嘛。"

男人一副很有经验的样子，说："你可不要小看了现在的孩子，能干出让你大吃一惊的事情来。上网，玩游戏，能着呢。家长给的零花钱，都用在玩上了。"

"我看这个小女孩不像那样的孩子，她的眼睛告诉我的。"女人说。

男人又"哧"了一声，不屑地撇撇嘴，说："你总是那么自信。我倒觉得她很有可能也是个混票的，省下钱好去玩游戏、上网。"

女人终于对男人的态度无法忍受了，大声说："就算是那样，又能怎么样？不就是一块钱吗？一个大男人一点儿不像个男人的样子！"

男人一愣，说："我怎么不像个男人了？咱这是做生意，这车哪一样不得花钱？咱的钱不都是一块钱一块钱积攒出来的吗？你倒是大方，像个男人，像个男人又怎么样？没有钱不是照样团团转？"

女人真的生气了，胸一起一伏的，抿着嘴，瞪着男人。

"我就是看着那个小女孩好，下次她坐车，我还不收她的钱。"女人大声说。

男人丢下手里的工具，气愤地看着女人："你这不是成心气我吗？我这样较真儿又图个啥？咱们还没有孩子呢。咱们不是想生个孩子吗？没有钱怎么要孩子？"

女人把扫出来的垃圾收进塑料袋里，愤愤地说："我才不给你生孩子呢，你爱找谁生就找谁生去。"

"有外心了咋的？谁离了谁都一样活着，不想过就离婚！"男人气坏了，说。

"离就离！"女人毫不示弱。

这时一个小女孩跳上了车，说："阿姨！"正是那个没买车票的小女孩。

小女孩说："阿姨，我一下车就遇到我妈妈了，她给你送车票钱来了。"

女人愣了一下，忙走下车。

小女孩的妈妈把一块钱递给女人，说："我早晨忘记给孩子带车钱了。谢谢你。"

女人连连摆手："不用不用，孩子坐一次车，无所谓的。"

男人锁好汽车，也走过来说："一块钱的事，你还特意送来干啥，不要了。"

女孩妈妈说："坐车买票，天经地义。车票钱一定要收下。"

小女孩在一边说："阿姨，你就拿着吧。"

小女孩和妈妈冲男人和女人摆摆手，走了。

女人手里拿着钱，目送她们母女俩在小雨中走远。

他们站着，好久没有动，也没有说话。雨丝落在脸上，痒痒的。

后来女人在男人的胳膊上捅了一下，男人就把身子靠过来。

女人挽起男人的胳膊，轻声说："我们回家吧。"

怪人

老李头儿是锦城中学的更夫，老师和学生们都称他为怪人。

怪人有三大怪。其一，无论春夏秋冬，整天戴着一顶不知哪里来的大盖帽，有人戏称之为冒牌警察。其二，夏天天气多热，他都穿着上衣长裤。其三，对学校的每一个学生，他都称为孩子，像称呼自己的亲儿女一样。

怪人瘦瘦的，背有些驼，一笑，嘴还有点歪。怪人单身一人，花销不大，学校每月只给他200块钱，怪人不嫌少，一副心满意足的样子。

怪人把大门把得很严，校外人想进学校得先接受他的一顿盘问。有一次教委主任来学校，在门口被怪人给拦住了。怪人不认识教委主任，让他在来客登记本上登记。教委主任说：我是教委的，找校长有事。怪人眼睛一瞪：找校长的人多了，到学校来，你就是市长也得登记。

怪人就是这样一个人。人们说他太死板，让人们既同情又有点儿恨。

有一件事使全校师生对怪人刮目相看。那天下午放学后，学校门口有两个头发染成黄色的社会青年拦住了一个背书包走出校门的学生，其中一个还亮出了匕首，逼学生掏钱。怪人见了，一下子就将身体横在了中间。他拍着学生的肩说：孩子，别怕。黄发青年一看又瘦又小的怪人，笑了，把匕首顶在怪人的下巴上，说：老头儿，你闪开。怪人正了正大盖帽，怒视黄发青年，一动不动。匕首刺进了怪人的肉里，怪人一动不动。血开始顺着匕首往下流了，学生喊：李爷爷！怪人仍然一动不动，眼睛里射出的光比匕首还要锋利。黄发青年的手抖了两下，放下匕首，转身逃走了。

省军区的一位首长来锦城军分区视察，特意到学校来看望了怪人。这件事在学校引起了不小的轰动。

首长一见怪人的面，先敬了个标准的军礼。怪人也正正大盖帽，还礼。接着两个人就抱在一起，哭得一塌糊涂。首长都失态了，可见与怪人的感情之深。两个人在值班室的小炕上谈了许久。临走，首长还给怪人留下了一张发黄的旧照片。

后来校长看到了那张照片。照片上是三个军人，怪人在中间，左边就是省军区的首长。问右边的那人是谁，怪人没有回答。

校长提出给怪人增加工资。一个月200元，太少了，从这个月起，给你300吧。

没想到怪人拒绝了。200元够用了，把钱花在孩子们身上吧。

说话的时候，怪人一脸的真诚。

校长没说话，握着怪人的手，好久没有松开。

儿童节快乐

明天就是六一儿童节了，儿子不去幼儿园，放假一天。红梅决定自己也休息一天。

红梅是公司里的业务尖子，每天上班她总是不停地忙这忙那，没有清闲的时候。老总很放心，把许多重要的工作交给她去办。红梅就经常感到身心疲惫，下班回到家，连饭都懒得去做。

儿子不去幼儿园，没地方送，把他一个人锁在家里又不放心。红梅就是这时决定自己也请假休息一天，和孩子一起好好放松一下的。媒体上经常有某公司职员由于过度劳累猝死的报道，让红梅很害怕。

于是她给部长刘斌打了个电话。电话接通了，红梅意识到孩子没地方送这个理由不是特别充分，就顺嘴编了个理由："我儿子感冒了，很重，高烧烧得厉害。我得带他上医院，弄不好得住院治疗。明天的工作不会受影响，我已经安排部里的小宋替我做了，请刘部长放心。"

刘斌说："那好吧，把孩子照顾好。不过你得被扣去50块钱哦。"

公司规定很严格，红梅是职员，请假一天，要扣奖金50元。而刘斌是部长，要是请假一天，将被扣掉80元，一点不含糊。

红梅不在乎50块钱，她只想放松一下自己，和儿子一起乐一天。

第二天一大早，红梅就带着儿子兴冲冲地出发了。

"我们去哪儿？"红梅笑嘻嘻地问儿子。

"游乐场！"儿子张嘴就来。儿子最喜欢到游乐场玩了，坐单轨车、开碰碰车、跳蹦蹦床、打滑梯，都是儿子怎么也玩不够的游戏。

红梅真是放松了，儿子跳蹦蹦床时，她索性自己也跳了上去，和儿子一起蹦，还一边蹦一边开心地又叫又笑，结果被管理员喊下来，挨了一顿训斥。蹦蹦床是不允许大人上去蹦的。

开碰碰车时，红梅和儿子各自开了一辆碰碰车，她瞪着眼睛和儿子相撞，撞得两个人都忍不住大笑起来。

放松真好啊！红梅不禁发出了一声感叹。

和儿子一起玩，红梅恍惚中感觉自己好像又回到了童年。

"下面我们玩什么？"红梅问儿子。今天她准备一切听儿子的，让儿子带着她玩。

儿子想了想，叫："坐单轨车！"

坐单轨车很有意思，两个人蹬着单轨车，可以在游乐场转一大圈，而且是在高空中游览，能俯瞰整个游乐场。

上了单轨车，红梅就和儿子一起踩脚踏板，单轨车开始前进。

儿子喊："出发喽！"

红梅喊："出发喽！"

两个人一起用力，单轨车驶向了空中。

真好啊！红梅又一次发出感叹。她远远地望着整个游乐场，心胸一下子开阔起来，真切地感受到了一种久违的惬意和轻松。

儿子大喊大叫，红梅也跟着大喊大叫。

他们还不时地冲迎面驶过来的另一条车道上的单轨车打招呼。虽然大家不相识，但单轨车上基本都是大人带着孩子玩，打个招呼，有一种友好和亲切的感觉。

当红梅再次向迎面而来的单轨车扬手打招呼时，她一下子惊住了，脸上的笑容凝固着，手也僵僵地举着，放不下来。

那辆单轨车上，坐着的竟然是……刘斌！

刘斌的身边坐着他的打扮得花枝招展的女儿！

刘斌的表情和红梅惊人地相似，他们都愣愣地僵笑，愣愣地举着手。

当两辆单轨车靠近时，刘斌举着的手摇了摇，笑着冲红梅大声喊："儿童节快乐！"

红梅也摇了摇手，笑着冲刘斌大声喊："儿童节快乐！"

单轨车轻快地向前行驶着，红梅的心情无比愉快。

"儿童节快乐！"她扭头对儿子说。

"儿童节快乐！"儿子抬头对她说。

儿子说话的声音奶声奶气的。

红裙子

红裙子来到工地的时候，原本热热闹闹的建筑工地一下子就哑了。每个人的目光都变成了被拉直的钢筋。泥墩儿也是如此。

红裙子是个白白净净的女孩，笑容像花儿一样开放在她的脸上。她身上那套火红火红的裙子，成了灰突突的建筑工地上唯一的亮色。

她对胖胖的刘工头说："爸，今天晚上我的大学同学给我过生日，我们要去饭店聚餐，我得晚一点儿回家。"

从来都是铁着脸的刘工头心情不错，笑眯眯地叮嘱红裙子："别疯过了头！"

红裙子缩着脖，冲刘工头吐了下舌头，转身走开了。

红裙子转身走开时，看了泥墩儿一眼。红裙子看泥墩儿时没有笑，眼睛里有一种异样的东西在闪动。

泥墩儿发现了这闪动的东西。他虽然说不好这闪动的东西到底是什么，但是他的心还是狠狠地颤了一下。

泥墩儿15了，可以看懂别人的目光了。

泥墩儿一直看着红裙子走远，呆呆的。直到刘工头铁着脸在他的头上拍一下，喝着让他去干活儿才醒过来。

正在建设中的是一所中学的教学楼，泥墩儿还小，干不了重活儿，刘工头就安排他干些杂活儿，比如整理钢筋、帮瓦工递递砖什么的，有时也给刘工头跑腿去买香烟。

　　泥墩儿的家在离城市很远的大山里，穷，连书都读不起了，就随着出来打工的叔伯们来到了城里。泥墩儿懂事，知道自己来城里干活儿不容易，做事就很是认真，刘工头很满意。

　　可红裙子走了，泥墩儿却干不好活儿了，经常走神。给瓦工递砖时，总是挨脾气不好的瓦工骂："白痴，快递砖啊！咋，睡着啦！"有一次刘工头让他跑腿去买香烟，说得清清楚楚要买一盒人民大会堂，他却买回一盒劣质的云烟，气得刘工头铁着脸拎着他的耳朵骂他是"二百五"。可后来刘工头不骂了，他意识到泥墩儿的变化和自己的女儿来工地有关。

　　工人们也开始拿泥墩儿说笑话。有人说他鼻子底下连胡子还没有就知道喜欢漂亮姑娘了。还有人说他天生就有一副花花肠子，看见漂亮姑娘就走神。

　　刘工头终于看出了泥墩儿的心思。一天下班，工人们往工棚走，路过一个小区，泥墩儿又是两眼直勾勾地盯着三楼阳台上晒着的一条红裙子发呆，连路都走不动。刘工头的心就闪了一下。那正是刘工头的家，那条红裙子正是女儿去工地时穿的。

　　铁着脸的刘工头，脸色越来越难看了。

　　于是刘工头断然调整了泥墩儿的工作，让他负责运砖。运砖比递砖整理钢筋累多了，泥墩儿有点吃不消。但他坚持着。

　　有一天泥墩儿累得不行，坐下来歇气。刘工头走过来拍拍他的肩递给他钱，说："去给我买一盒人民大会堂来。"

　　泥墩儿走了，却迟迟没有回来，一直到下班了也没回来。大家议论纷纷，说一定是泥墩儿受不了累，拿上刘工头的钱跑了。

　　可大家往工棚走时，却发现泥墩儿雕塑一样坐在小区边的一块石头上，傻呆呆地望着3楼阳台上那晒着的红裙子。

　　刘工头铁着脸走过去，真想踢泥墩儿一脚。他的脚都抬起来了，却犹豫一下，没踢，又放下了。

　　工人们都说泥墩儿有点变傻了，这样容易出事。

　　果然就出了事。泥墩儿搬砖时又走神了，堆成墙一样的砖倒下来，泥墩儿却一点没有察觉，结果把泥墩儿给砸了。

受了伤的泥墩儿被刘工头送到了医院。经医生抢救，泥墩儿脱离了危险。

苏醒过来的泥墩儿对刘工头说："我特别想读书，不想在工地干活儿。我特别特别羡慕你女儿，那个红裙子大姐姐。而且……你不知道，她特别特别像从城里来给我们上课的郭老师。郭老师就特别喜欢穿火红火红的裙子。可惜，郭老师走了，不再给我们上课了。所以，我特别特别想和红裙子大姐姐说说话……"

泥墩儿一口气说了七八个"特别"，说得泥墩儿的眼里溢出了大滴大滴的泪。

说得铁着脸的刘工头咬着牙根，别过脸去，一句话也没有说。

去机场的路

去机场的路有30里。

现在女人出门了，揉了揉涩痛的眼睛，走上了街面。

昨晚女人一夜没有睡，早晨起来后眼睛疼得厉害。坐在厨房里吃东西时，她吃得很慢，边吃边想。最后她下了决心，到机场去，去接儿子回来。

虽然她这样做违背了和儿子的约定，但她还是这样决定了。

女人走得很是吃力，因为她的一只脚昨天去打工时不小心扭伤了，走路不敢吃劲，每走一步，都要剧烈地疼一下。但女人没有多想，就决定步行去机场。她知道，坐出租车去飞机场要花30块钱。这几乎是她打工半天的收入。她知道自己在乎这30块钱，所以在儿子赴香港之前，她就和儿子约定了，儿子去香港参加比赛，她不送，也不接。

儿子很理解她，临走时，他用大人的口吻说："妈妈，您放心，我不会让您失望的。"他还用力握了握拳，以表示他的决心。

女人知道，儿子的确非常想取得好成绩，来回报妈妈。这样的比赛机会不是很多，而且，这次比赛是在香港，离家要近一些，可以节省一些路费。

儿子学习弹钢琴已经10年了。

这10年间，女人经历了失败的婚姻，一个人带着儿子生活。她每天要上班，下班后要出去打两份工，才能供得起儿子学习钢琴。女人很累，也很艰难，但她坚持着，用自己瘦弱的肩膀，扛着儿子的钢琴梦。那真的是儿子的一个梦想，他最大的愿望就是能成为一名出色的钢琴家。在他很小刚刚接触钢琴的时候，那位著名的钢琴教授就惊喜地预言，这孩子有着非凡的钢琴天赋，经过刻苦努力，一定能成为钢琴家。

10年时间，并不短暂，那是在女人的手指间流过去的，是在女人的脚板下淌过去的，是在女人咬紧的牙缝中挤过去的。

10年，转眼就过去了，儿子的钢琴已经弹得相当好了。这次去香港参加一个国际性的钢琴比赛，就是儿子证明自己的机会。所以，女人毫不犹豫地拿出了自己从牙缝里省下的6000元钱，让儿子踏上了飞往香港的飞机。

10年来，女人给自己定下的伙食标准是每天10块钱，雷打不动。

为了儿子，女人付出了巨大的牺牲。订不起报刊，她就利用工作的闲暇时间，到单位阅览室为儿子摘抄好文章，并写下自己的心得体会，晚上拿给儿子看，教育他如何学习，如何做人。当儿子功课不是很紧的时候，她就领着儿子一起去她打工的地方，帮助她干活，让儿子体验生活的艰辛和劳有所获的快乐。

女人一点点走出了市区，路两边的楼越来越少了，眼前是空旷的原野。

女人走路时是咬着牙的，因为她的脚越来越疼了。她一遍遍地提醒自己，不能松劲，要挺住，自己决定去飞机场接儿子，决定走着去飞机场接儿子，是下了很大决心的。

现在饥饿开始向女人袭来。早晨她吃的东西太少，她的胃里已经空了。女人拐到路边，向一个杂货店老板要了一口水喝，继续赶路。

女人昨天晚上始终没有合眼，她看着那只小小的马蹄表，听表针转动时发出的"滴答"声。她似乎看到了儿子正坐在灯光明亮的舞台上，坐在漂亮的钢琴前，潇洒地舞动着手指，仿佛听到了儿子正在演奏着优美动听的曲子。大概是约翰·斯特劳斯，也可能是肖邦。女人的嘴角不知不觉地露出了笑容。

当时针指向比赛结束的时间时，女人待不住了，她站起来，来来回回地走。犹豫了好一阵，她才拿起电话，很奢侈地往香港打了一个长途。

当飞机场出现在眼前时，女人的眼睛里突然涌出了泪水，怎么止也止不住。也许是因为脚疼，也许是因为饥饿，也许是因为别的，女人一下子说不清。

女人在飞机场的休息大厅里坐了5个小时。她来得太早了。

飞机降落了。儿子从里面走了出来。

女人站了起来，向儿子挥了挥手。

儿子很显然是愣了一下。因为他和妈妈有过约定，他去香港比赛，妈妈不送，也不接。

女人走了过去，张开了双臂，向着还在发愣的儿子。

儿子叫了一声："妈妈！"奔了过来。

女人一下子把儿子紧紧地抱在怀里，大滴大滴的泪水在她的脸上流下来。

"妈妈，我失败了。妈妈，别埋怨我。"儿子哭得很放肆，在妈妈怀里，儿子把什么都放下了。

女人在儿子的背上拍了拍，说："奋斗的路上有成功，也有失败。妈妈不埋怨你。"

一年后，儿子被乌克兰一个著名的钢琴教授看中，前去深造。

两年后，儿子成功地考入了德国汉诺威音乐学院，专修钢琴。

第二辑

水边的少年

CHENGZHANGDEGANJUE

ZHENHAO

鞋

年轻人的鞋坏了，去修。

街口就有一个修鞋的，摊子不大，一个戴着单帽的人在埋头干活儿。

年轻人把鞋放下。修鞋人拿起鞋，看了看，说：过半个小时就可以来取了。

年轻人就离开了，往街上走。

年轻人心里正烦。年轻人大学毕业有一阵子了，始终找不到合适的工作。有人给介绍一份，年轻人嫌工资太低，而且给一个连高中都没有读过的老板打工，年轻人觉得有点那个。

年轻人找了不下20份工作，都觉得不太满意，没有去做。他每天都注意看报纸上的用工信息，每天都出去联系，有时上门去毛遂自荐。结果，都没有谈成。

年轻人自然心里不是滋味。别的不用说，光鞋就走坏了两双。鞋走坏了可以修，往修鞋摊儿上一放就行了。可工作始终没有影子，这让年轻人很是心焦。

取鞋的时候，年轻人付了钱，正要走，修鞋人问：还没有找到工作？

年轻人一愣，说：没有。转身闷闷地走了。

不久，年轻人又去那儿修鞋，却先愣了一下。原来的修鞋摊儿不见了，被一间干干净净的小屋取代了。修鞋人坐在屋里，正捧着一份杂志看。

年轻人走进屋里看了看，放下鞋说：这小屋不错，你发财了。

街口这地段，金贵，能有一间屋，是许多人眼馋的事。

修鞋人说：夏天省得风吹日晒，冬天省得挨冻，享点福吧。

年轻人说：你把一个小小修鞋摊儿干大了，不简单。

修鞋人放下杂志，开始干活儿。

年轻人没有出去，拿起杂志看。竟是一份文学杂志。

年轻人问：你喜欢？

修鞋人说：喜欢。

转眼就修好了。修鞋人问：这么久了，应该找到工作了吧？

年轻人有点不高兴，觉得修鞋人多嘴。但他不好跟一个修鞋人发火。

年轻人没有说话。修鞋人真是多嘴了，在年轻人往外掏钱时，又说：这个小摊儿，我干了两年多，总算有一点模样了。我挺高兴的。

年轻人觉得修鞋人说的话是给自己听的，有挖苦人的味道。放钱时就把不满表现出来了，他没有放，而是扔。

修鞋人似乎看出来了，淡淡地笑一下。

年轻人再次来修鞋时，修鞋人放下杂志，请他先坐下，还倒了一杯水。年轻人就颇觉疑惑，不知道修鞋人为什么这样客气。

修鞋人说：我们是校友。

年轻人一惊，认真地看修鞋人，却想不起来在哪里见过这个人。

修鞋人说：你大学没毕业的时候，有一年寒假你到我这儿来修鞋，我见你戴着校徽，知道咱俩是一个大学的校友。

年轻人吃惊了，目不转睛地看着修鞋人。

修鞋人说：我毕业已经两年了。我高你两届，算是师兄了，我叫钉子。

年轻人似乎一下想起了什么，说：钉子，对了，是钉子。我在校报上见过这个名字。钉子就是你呀？你好像写了几首诗，发表在校报上。

修鞋人说：没错，钉子就是我。我挺喜欢文学的，觉得生活中如果有文学相伴，那感觉是不一样的。我毕业后没有找到合适的工作，也不能啥都不干呀，就干起了这个。我父亲是鞋厂的技师，摆弄鞋有一套，我学来了。

年轻人不解地看着修鞋人，心里觉得一个大学毕业生修鞋，咋想咋有点憋屈。

修鞋人开始干活儿。年轻人翻着杂志，竟看到了钉子的名字，杂志上登了他的一篇小说。年轻人一目十行地看了一遍，写的就是修鞋的事。

修完了。修鞋人说：鞋穿在脚上，所以鞋听脚的。我只会修鞋，不会告诉脚怎么走路。所以我和你说过的话，你可以不听，或者只当没听见。

年轻人拿出钱。

修鞋人说：这次不要钱了。

为什么？年轻人问。

不为什么。修鞋人答。

年轻人走出小屋，在门外站了好一阵，才慢慢离去。

花

楼前的空地不大，只有三五米见方。一个女孩子正在卖力气地用一把小锄清理着地上的杂草。

女孩干得很认真，她蹲在地上，从空地的一侧开始，一点一点地锄，不放过一棵草。她用手摸索着，搂起被她锄掉的草。

突然，女孩丢下小锄，用力抓着左手食指，嘴里发出"咝咝"的声音，一张好看的脸也因痛苦而有一些扭曲。她的手被扎出了血。

女孩竟然是一个盲童！

很快，女孩开始继续干活了。只是她手上的动作变轻了，变得小心翼翼。

杂草全部被女孩清理掉了，一块方方正正的褐色土地露了出来。

后来人们知道，女孩今年10岁了，在市盲童学校上学。

人们还知道，女孩清理这块空地，是想种一些花，把这里变成一个小小花园。

女孩确实要把这里变成小小花园，她已经开始用小锄刨出一个个小小的土坑。她竟然刨得很笔直，一点儿也不歪。她的爸爸妈妈也很支持她，为她买来了花种。那花种小小的、黑黑的、圆圆的，装在一只小纸盒里，就放在女孩的脚边。

女孩用手摸着土坑，细心地数出3粒花种，放进小土坑中间，然后小心地将土填回小坑中。

空地旁边，是女孩拎来的水壶，里面是清清的水。

可是，当女孩拿起水壶准备给刚种的花浇水时，两个淘气的男孩子来捉弄她了。他们把水壶里的水倒在了空地的外面。他们看着手拎空水壶有点发愣的女孩，发出"唻唻唻"的坏笑。

女孩明白了，她气愤地冲男孩子"哼"了一声，还跺一下脚，摸索着走回楼里，去重新装水。

一位遛狗的卷头发阿姨问女孩："你这是在种什么？"

女孩虽然看不见阿姨，但她还是仰着脸，认真地说："种花呀。"

小狗摇着尾巴冲女孩叫了几声，大概是夸她了不起。

卷头发阿姨走开了。可她边走边说："她是一个瞎子，我看她更是一个疯子。自己看不见，还种什么花？"

女孩听到了阿姨的话，她一下子站住了，身体还忍不住抖了一下，抖得水壶里的水溅出来一些，落在她白净的脚丫上。

但女孩很快就走开了，走进了那块空地，开始为花浇水。她浇得特别细心，那汩汩清水准确地浇在小土坑里，好像刚才的事情没有发生一样。

每天放学回到家，女孩写完作业都要到空地上来看看。她是用手看的，用心看的。有时为花浇浇水，有时拔一拔新长出来的杂草。

花破土了！

花一点点长高了！

花，终于开了！

花开得真漂亮，一朵挨一朵，绽放着，像女孩灿灿的笑脸。

小小的空地，变成了一个小小的花园。蜂儿飞来了，蝶儿舞来了，开放的花朵和浓浓的香气，把小小花园装扮得要多美有多美，成为小区里一道亮丽的风景。

人们都不约而同地发出啧啧称赞。

女孩美死啦！她觉得自己用心去看，真的看见了那漂亮的花朵。她"嘻嘻嘻""哈哈哈"地笑着，在较密的花丛中剪下一些花枝，用一条红色的丝带，扎成了漂亮的花束。

妈妈在一边看着女孩，笑，笑着流泪。

卷头发阿姨样子特别难为情，她摸着女孩的头，轻声问："这么漂亮的花束，准备送给谁呀？"

女孩依旧仰着脸，认真地说："送给我的老师呀！老师说，我虽然眼睛看不见，但只要我怀有希望，怀有爱心，我的心就是明亮的，就能看见太阳，看见漂亮的花。我要证明我能看见漂亮的花。这束花，就是我交给老师的作业。嘻嘻。"

女孩笑了，笑得特别灿烂。她的脸上满是阳光，明明亮亮的，像一朵漂亮的花。

表扬

我顶顶讨厌我爸的那张恶魔脸。他生气的时候，总是把眉头皱得紧紧的，嘴巴和鼻子就不在原来的位置上，扭曲着，像动画片里的恶魔。

我爸却常常向我亮出这样一张脸，弄得我的心里灰灰的，一点也清亮不起来。

我的成绩不太好。我已经读六年级了，成绩一直在班级的下游晃。而且，从上到六年级以来半年多了，我没有得到过表扬，一次也没有。我不是好学生，没人肯表扬我。我爸很着急，经常往学校跑，有时是被班主任许老师喊来的，有时是他自己来的。几乎他每来一次学校，都要冲我亮一回那张恶魔脸。

后来我爸叹了一声，说："儿子，爸是没办法了。凭你现在的成绩，上了初中也是在后面打狼。我看许老师的建议挺好，去学学美术吧，说不定将来能参加特长班，学点一技之长。"

　　说实话，我爸叹气的时候我的心里特难受。我也不想让我爸发出那种很无奈、很伤心的叹息，我爸毕竟是大男人啊。为了我，我爸是尽最大的努力了。于是，我什么也没说，点了点头。

　　我一点也不承认我的脑袋笨。我的成绩不行，一定是与我的不用心、贪玩、马虎有关。我确实贪玩，经常去网吧里玩游戏。游戏就像我的一个特铁特铁的"死党"，对我有极大的吸引力，只要他冲我一挤眼，我立刻就开始魂不守舍，连老师在前面讲什么都听不见。

　　我和我爸一起来到了美术老师家。那是一个很大很空旷的房子，里面整齐地摆着马扎和画板架，一排一排的。我爸和美术老师站在窗子旁边说话。我看到我爸一边说话一边不停地冲美术老师点头哈腰。

　　美术老师的学生很多，我认识的却很少。大家坐下来的时候，偌大的空房子差不多要坐满了。我拿出画板，立在架子上，开始听课。美术老师和我爸的年龄相仿，却比我爸看着新鲜，脸上没多少褶子。我发现我又走神了，连忙拿铅笔在额头上敲打一下，眼睛盯着老师的嘴。

　　美术老师让我们画静物。他把一个尖嘴瓶子和一个绿苹果放在我们面前，提醒我们注意光线的明暗变化。

　　其实我上幼儿园的时候画画就挺好的，上了小学，依旧是全班画画最好的一个，班级教室后面的墙上经常有我的大作被老师选中贴上去，弄得我的几个死党羡慕不已。

　　我画的时候，美术老师经常提醒我注意静物的光线和形态，有时还手把手地给我讲解，帮我把表现不到位的地方改过来。后来美术老师不再帮我改，我开始独立作画了。我觉得我画得还行，因为我在画画时，没有走神。

　　当我把自己画好的作业递到美术老师手里时，我真是有点战战兢兢的，我不知道老师会怎么评价我的画。

　　美术老师看了一阵，边抖手里的画纸边说："不错，真不错！"说完，他还认真地看看我。我看到美术老师看我的时候，眼睛里非常明亮。

　　美术老师眼睛里那明亮的东西好像具有魔力，一下子就把我的心照得亮亮堂堂。

　　这是我上到六年级以来第一次得到老师的表扬。

　　美术老师指着后面的一名女同学说："周艳艳你看看马达的画，进步多快。他来得比你晚，却走到了你的前头。"

"什么？周艳艳？"我一下子愣住了。

果然是周艳艳！周艳艳是我们学校六年组的尖子生，多次代表学校参加市里组织的小学生知识竞赛。她怎么也来这里学习画画呢？

周艳艳冲我甜甜地微笑了一下，算是打招呼。我连忙也冲她笑。

周艳艳把自己的马扎和画板搬到了我的身边，悄声说："我挨着你。你可要帮助我，别舍不得哦。"

我开心起来。尖子生周艳艳还要我帮助她呢，我能不开心么？当周艳艳和我一起小声研究画画的问题时，我总是毫不保留地把自己的想法告诉她。我觉得我不像许老师和我爸说的那样一无是处，我坚信我的脑袋不笨。

周艳艳也很够意思，把她的学习经验都告诉我了。

一晃几个月过去了。我发现我竟然一次网吧也没再去过。而且，期末考试我的成绩竟一下子从后面窜到了前面，排在了班级第13名！

那天我正在画画，我爸来了，和美术老师说话。这次我看到他没有点头哈腰，而是颇为得意地向美术老师介绍我的成绩。

"是您的一句表扬让我儿子马达变了一个样啊！"他喜滋滋地说。

我注意到我爸已经好久没有向我亮他的恶魔脸了，而且我已经想不起来那张恶魔脸是什么样子了。

心愿

下晚自习的时候，天已经黑透了。我走出教学楼，发觉天正下在细细的小雨。我在教学楼门前站了一会儿，等身边的同学们都走光了，才慢腾腾地走下阶梯，沿着楼前的甬道走进小雨中，向自行车棚走。

我的同桌林晓涛从我的身边走过去，但是我没有和他说话。当然他也没有和我说话。

我们有了一点矛盾。从上初中以来，我们就坐同桌，从来没有出现过矛盾。可是这次不行了，我把他惹了，惹得他冲我瞪起了圆圆的眼睛。

我第一次见到林晓涛这么冲我凶。

我在我家附近的一个小书店里买到了一本新出的物理练习册，刚一拿出来，就引起了林晓涛的注意。原来，他好几天前就想买这本练习册，却一直没有买到。等林晓涛跑到那家小书店时，练习册已经卖没了。于是林晓涛就毫不客气地跟我借。

我拒绝了他。我不知道自己为什么会拒绝他，当时我正在用着，就同样毫不客气地说："你没见我正用着？"

于是林晓涛就把不大的眼睛瞪得圆圆的，吃惊地看着我。

我不依不饶地说："你看着我干吗？"

林晓涛显然是生气了，他的嘴唇动了动，却什么也没有说出来。憋了好一阵，他才冒出一句："徐阳，你真行。"接着他就不再理我，独自做自己的题了。

一连两天，林晓涛都没有和我说一句话。后来我觉得是我做得太过了，不应该用那样的态度和他说话。其实我也没有不想借他练习册的意思，只是想等我用完了再借给他。

我和林晓涛的矛盾把我弄得很是闹心，我想和他解释一下，但他没给我机会，好几次我准备张嘴和他说话，他都不看我，埋头忙自己的。

我在甬道上走得没精打采。身边浓密的芙蓉树枝叶伸展着，在我的头上茂盛。我一边歪着头躲开树枝，一边继续向前走。

夜晚的风轻轻吹来，吹得芙蓉树枝叶一下一下地摇动起来，发出"沙沙沙"的声响，也把积在芙蓉树宽大树叶上的雨水摇了下来。水滴很大，落在我的头上，流进我的衣领里，凉凉的。

我猛地一歪头，躲避着水滴。我的脸却迎面撞到了一束茂密的芙蓉树枝上，反倒弄得我满脸是水，眼镜也掉了。

我用力抹了抹脸上的雨水，猫腰寻找我的眼镜。可是，我在树下找了好一阵，也没见到我的眼镜。教学楼里许多教室都已经关了灯，楼前昏昏暗暗的。

我甚至蹲下来了，用手在地上摸，也没有摸到我的眼镜。

我有点着急了。这时，一个人沿着甬道"咚咚"地跑了过来，问："找什么呢？"

是一个女生。我抬头看她，觉得她看上去有点眼熟，但仔细看，发现我并不认识她。

听了我的话，女生发出爽爽的笑声。她说："我来帮你。"

很快，女生就在还在一摇一摇的芙蓉树枝上找到了我的眼镜。她把眼镜取下来，递给我："给。谢谢你。嘻嘻。"她的笑声仍是爽爽的。

尽管我看不清楚女生的脸，尽管我看不清楚她脸上的笑容，但是我可以感觉得到，她是一个很清爽、很阳光的女生。

我顾不上擦一擦，就把眼镜戴上了。我的心里有一种情绪像水一样漫上来。

我突然想起她来了，虽然我不知道她叫什么名字。有一次，在全校师生大会上，她上台领取知识竞赛奖，是校长亲自给她发的奖。

我冲她亮出笑容，说："我应该谢谢你呀。"

"不。"她说，"应该是我谢谢你。是你帮助我实现了我的心愿。我今天16岁了，我想在今天做16件有意义的事情。嘻嘻，我已经做了15件了，正愁这第16件事无法实现呢。"

说完，她就向我扬扬手，喊了声"再见"，转身跑开了。

我呆呆地站着，看着女生。她跑动的姿势有点夸张，透着她无法掩饰的开心和快乐。

我一点儿也没有想到在这个飘着小雨的夜晚，会有这样的事情发生。女生的举动使我在甬道上站着，站了好半天。

我想到了林晓涛。想到林晓涛我就笑了，一边笑一边摇头。我在自己的脑袋上轻轻地拍了拍。我决定不磨蹭了，现在就到自行车棚里找林晓涛去。晚了，他就骑车回家了。

继续向前走的时候，我冲早已没了影的不知名的女生轻轻说了句："祝你16岁生日快乐。"

拜年

岁月的脚步无声无息地走过去了，丝毫没有引起人们太多的关注，仿佛是洗一把脸的工夫，年就来到眼皮底下了。

今天是大年初一，雪儿起得很晚。昨天晚上看春节联欢晚会，下半夜才睡觉。其实雪儿已经醒了，并没有起来，而是趴在热乎乎的被窝里。雪儿在县城里读高中，平时在学校里住宿，过年了，她才放几天假回家。夏天，雪儿就要参加高考了。雪儿觉得自己肩上的担子很重，她要求自己一定要如愿以偿地考上大学，因为爹和哥嫂对她寄予了太多的期望，全屯子人都对她寄予了太多的期望。她是全屯子有史以来第一个高中生，也是第一个离大学校门最近的人。

院子里，爹正在清扫昨夜鞭炮的碎屑，扫帚在地上走动的声音一阵一阵地传进来。雪儿就想自己应该起来，帮嫂子准备早饭。

来到哥嫂的屋，雪儿就伸手干活。嫂子说："你去复习功课吧，这点活儿，嫂子干。"

哥说："过年了，雪儿就歇两天，别看书了，看看电视吧。"

嫂子说："雪儿说话就要参加高考了，哪有心思看电视呢？你快别让她分心了。"

爹扫完院子，进来说："雪儿，按往年的规矩，屯子里的秧歌队主要是给跑运输、开商店的有钱人家拜年。可前几天你六指叔跟我说，过年要来给咱家拜年，其实就是要给你拜年。你是全屯子唯一的高中生嘛。"爹点上一支烟，"你六指叔是好心，希望你考上大学，给全屯子人争光。可是来拜年，最少也得给秧歌队赏四五十的，再加上瓜子、糖块、烟、茶水，还有一挂大地红，80块钱也打不住。我琢磨着，一会儿吃完饭，你就到村东头你二姨家躲躲去。躲过去了，钱就省下了。家里，有我。"

雪儿有些不高兴："躲出去干什么？他们来拜年就拜年呗，不给钱就是了。我还想在家复习化学呢，我的化学是弱项。"

爹抽了口烟，一些灰灰的烟雾就从他的脸前生动地飞过去。"雪儿你一直在县城读书，对这些事情不懂。人家来拜年，哪有不给钱的道理？那我的老脸，可就没地方放了。"

嫂子走过来扳了扳雪儿的肩："爹的想法是对的。等你考上大学了，花销就更大了，爹看得远呢。雪儿，听爹的，啊！"

雪儿点点头："行。"

吃饭的时候，嫂子给爹和哥都倒上了酒，又将热好的饺子放在了爹的面前。爹爱吃饺子。嫂子吃饭吃得快，一会儿就放下了饭碗。

窗外，狐狸用爪子挠铁笼子的声音很大，哗啦哗啦地响。它们饿了，便把对吃食的欲望和对主人的不满都集中在锋利的前爪上了。

哥放下酒杯喊嫂子："该给狐狸做食了。"

嫂子说："一会儿就做好了。"

爹说："雪儿你快一点吃，吃完了好收拾收拾去你二姨家。别被秧歌队给堵着。"

雪儿吃完饭，就从书包里翻出了化学书。她来到爹的屋，跟爹打个招呼就往门外走，却与一个人打了个照面。雪儿定睛一看，乐了，响响地喊了声："马叔，过年好哇！"

马叔笑得脸上的每一条皱纹都打着战："好，过年好。"说着，就进了屋。

走到大门口时，雪儿听到爹的屋里传出了清清亮亮的京胡声，还有马叔洪亮的演唱声。爹的京胡拉得好，而马叔的嗓音好，他们每年春节都要唱一个上午，乐一乐。马叔年轻时曾在县京剧团学过艺，功底比较扎实。他的唱腔拖得很长，也很圆润，潺潺流水一样从小屋里流出来，在院子里打着旋儿，一直把雪儿送出大门，送到屯子东头。

秧歌队却没有来，雪儿白白躲出去半天。

第二天一大早，她却被六指给堵个正着。

爹很吃惊，他没想到六指会这样早就来"打前站"。

六指一进门就给爹拜年，接着就认认真真地给雪儿拜年："大侄女过年好！六指叔祝你金榜题名，考上大学，给全屯人争光。"

雪儿一边给六指叔拜年，一边想，真不愧是六指，没白白多长一个手指头，办法真多。

告辞时，六指拉着爹的手说："大哥，过年了，咋我也得来给大侄女拜个年，热闹热闹，秧歌队一会儿就到。大侄女是全屯子第一个高中生，等她考上大学，成为全屯子第一个大学生时，我六指敲锣打鼓欢送大侄女上大学。"

爹在六指的肩上拍了拍："你小子，别油嘴滑舌地跟你大哥来这个。"

在院子里，哥拉住六指说："我的狐狸受不了吹吹打打，容易受惊吓。秧歌队就别进院子里了，在大门口的空地上打个场就行了。"

六指一脸是笑："行，咋都行。听你的。"

回到屋里，雪儿看到爹的脸上满是无可奈何的表情。

嫂子的手湿淋淋的，她正在洗苹果。嫂子说："爹，六指他们来就来吧，咱雪儿有志气，别人家想要去拜年的还没资格呢。拜年的赏钱我来出。"

爹说："哪能让你出，有我呢。"

哥说："雪儿的拜年钱我们出。过年了，高兴高兴也值。"

见哥站着，嫂子说："你还愣着干啥？把茶水沏上，把瓜子、烟都准备好，还有糖块。"她指指柜子，"拿放暖瓶的搪瓷盘装。"

雪儿很感激地看了嫂子一眼，她觉得嫂子是全屯子里最好的嫂子，也是全屯子最好的儿媳妇，爹常常因为嫂子而在村里人面前把胸挺得高高的。

雪儿帮哥把东西准备好。哥拎起吃饭的圆桌，摆在大门口。雪儿和嫂子陆续将东西摆上了。

秧歌队一路吹吹打打地从东边的街上走过来，在雪儿家大门口打开了场子。哥点燃了竹竿上的1000响大地红，又放了几个脆生生的二踢脚。鞭炮响过，拜年的秧歌就正式扭了起来。六指凑到爹和哥的跟前，大声地说着话。雪儿却站不住啦。秧歌队里那么多熟悉的姐妹们正开心地扭起她们柔柔的腰肢，挤挤眼，撞撞肩，她们的动作滑稽又舒展大方，让人看了忍不住手脚开始痒，身子开始跟着动弹。

雪儿真的站不住啦，长时间的紧张学习使她始终无法兴奋起来，那压抑了太久的渴望今天要冲破功课的层层包围了。她趁一个队员停下来喝水的工夫，夺过扇子，像一只快活的鸟儿，跳进欢乐的队伍扭了起来。雪儿似乎忘掉了一切，欢快的唢呐声逗活了她的每一根神经，将一把抖着绸边的彩扇舞得蝶一样打着滚儿，把一条火红的绸带扬得鸟儿一样翻着花儿，喜庆的鼓点儿被她踩得一丝一毫也不差。队伍在场子里转着圈，她看到爹在冲她笑，哥嫂在冲她笑，六指叔在冲她笑，看热闹的屯里人都在冲她笑。太阳不失时机地把新鲜的光线照射到她的身上，满身的阳光把她浸泡得透明。在阳光里，她听到手中的彩扇正发出扑扑棱棱的颤响。转眼间她的眼睛里就盈出了泪水，止也止不住，顺着眼角往下流。她不去擦，她不想擦，脸微微地仰着，迎着太阳光，尽情地舞蹈着。

在欢乐的浪尖上，雪儿实实在在地兴奋了一回。

秧歌队临走时，爹要给六指钱，被哥拦住了。哥说："我来给。"

可六指叔说："你们谁也不用给了，我带秧歌队来，是为雪儿大侄女高兴，也是祝福她考上大学，成为咱屯里第一个大学生。"

秧歌队走了，雪儿站在爹和哥嫂的身边，目送秧歌队远去。哥嫂一直没有说话。

爹也没有说话，一只手放在雪儿的肩上，捏了捏。

雪儿抬头看了看爹，又看了看哥嫂，抬起手，轻轻擦去了眼角的泪水。

水边的少年

宝子远远地看见女儿河岸边站着一个人。

这时宝子已经走热了，他解开衣扣，抖了几下，抬脚踢开路面上的一块碎石，鞋的头部发出"咚"的一声响，震得他的脚趾一阵麻。他的目光在宽宽的河面上扫了一遍，吸足一口气，嗓子里发出高亢的一声音，悠悠地在河面上散开。

岸边的人转过身来，宝子看清那人并不是艄公四爷，竟是爹！宝子这才注意到河岸边并没有四爷的木船。

"爹！"宝子很响地顿顿脚，走下岸边的土坡，站在岸边，看着爹。"您，要去镇上？"

爹抖了抖手里破旧的布兜，下颌扬了扬，说："我去镇上买些零碎东西。宝子，你这是去干啥？"

宝子从上衣口袋里摸出一张单据递给爹看："这是我订的菜籽，说好今天上午去取。"

爹并没有看宝子手里的单据，双手扣在身前，不动声色地眯起眼，向女儿河对岸久久地眺望，任宝子手里举着单据，也不理睬，只是望。

"四爷怎么没过来？"宝子收起单据，嘴里叨咕着，也向河对岸望。

宝子今年16岁了，初中毕业后没能考取县高中，就待在家里。宝子爹的想法是让宝子在家给他当帮手，帮他照看自家的小卖店，等过几年宝子大些了，再想别的门路。可宝子与爹的想法产生了严重的分歧，他不愿守着小卖店。他与同学合伙建起了塑料大棚，并准备引种市场行情颇看好的蔬菜新品种美国大冬菜。宝子要用实际行动来证明自己能行，考高中落榜后爹妈的不悦和村里人轻蔑的目光让他受不了。宝子爹对他建大棚引种美国大冬菜是坚决反对的，但宝子的决心已定，爹无论如何也说服不了他。

刚才爹对宝子手里的单据一眼也没看，宝子心里开始不顺畅，他盼望四爷早点划船过来，早一点到镇上拿到菜籽，免得爹再次干预他的计划。可河面上始终是没有一个人影，宝子心里就一阵焦急，他在岸边来来回回地走了几遍："四爷怎么了，喝醉啦？"目光在河面上扫来扫去，一刻也没有离开。

下游不远的河面上，3个壮硕的水泥桥墩安静地立着，显得冷清与孤寂。靠对岸一侧，大桥的桥面已经铺到第二个桥墩处了。此时建桥工地上还见不到一个人，工人们还没有上工。宝子就急急躁躁地几步走到水边，猫下腰捧起河水，在脸上重重地摩擦几下，发出很响很脆的声音，然后甩甩手上的水珠，用两个手指从衣袋里拎出一只白手绢，擦脸。

"你就打算引种美国大冬菜啦？"爹问。爹的态度早已明确，所以宝子就很怕听到爹再次提起这件事，也很讨厌爹过多地干预这件事。听到爹问，宝子心里重重地抖了一下："我下定决心了。"宝子强装镇静。他心里十分清楚，他怕爹，从小到大一直都怕爹。

爹走了几步，站在宝子的面前："这么说我说服不了你是不是？"见宝子没说话，爹又说："其实我并不是反对你建大棚种菜，只是那美国大冬菜，外国过来的东西你能弄好吗？为啥偏偏看中了这美国大冬菜？"爹看着宝子，脸上现出极为复杂的表情。

太阳已经跳到女儿河对岸那条长长的林带的上面，阳光就纷纷扬扬地跨过树的尖顶来到河面上，无声地与河水做着快快活活的游戏。立在河中间的桥墩似乎鲜亮了许多，也挺拔了许多，划开浓密的阳光，把一条齐边齐角的阴影甩到了河面上。宝子和爹都注意到太阳光在身体上抚摸时的热烈，面上有了些温热的感觉。早晨起早赶路，秋天的露水重，凉气大，现在总算温暖起来了。宝子就显得有些活跃，也有些激动，他跳跃两步，站到登船的石阶上，对爹说："爹您就放心吧，这件事我心里有数。"停了停又说："以前咱们没种过美国大冬菜，您怎么就知道我弄不好？"说完，宝子就重重地抖手里的手绢，眼睛不看爹，盯向河对岸。

爹显然是生气了，喘息声粗重了许多，他指了指宝子："我不管你，我不管你。到时候出了问题你可别哭天抹泪地找我！"

宝子没有再说话。他知道爹会生气，便没有理会爹的反应，只是望，望河对岸。他只希望艄公四爷早点出现。昨天他通过电话与镇种子供应站说死的，今天上午去取菜籽，晚了，种子站就不给他留了。

美国大冬菜是近几年兴起来的新菜，销路看好，售价也一涨再涨。宝子通过他上学时的班主任吴老师介绍，认识了在镇种子供应站当站长的吴老师的弟弟。吴站长同意为宝子供应菜籽，并开出了单据，同时答应在宝子取菜籽时为他提供全部有关美国大冬菜的资料。拿到了菜籽，入冬后扣上塑料大棚，到春节，新菜就可以上市换钱啦。

宝子蹲下身，挠挠头，看面前的河水。河水很平静，连一处浪花与波澜都看不见，更没有游涡，轻轻缓缓地向下面流，安详得像一位在静静地沐浴阳光的老人。对岸工地上，开始有人走动，比比划划。"等修完了大桥就好啦。"宝子对自己说。

太阳不停歇地向空中飘，越来越高了。宝子看见桥墩下的阴影越来越短，心里就越来越焦急。终于，他突地立起身，说："不等了。"他开始脱去外衣外裤，用裤带扎成一团，拎在手里，身上只剩下背心和短裤。

爹大吃一惊，他一步跨上来，身子趔趄了一下，险些摔倒。他一把抓住宝子的衣服："宝子，你、你要过河？"

"不能等了，上午取不成菜籽，就晚了。"宝子一顿手里的衣服，挣脱爹的手，转身就向河里走。

"不行！"爹惊叫，一下抓住宝子的臂，"不行，秋水扎骨头，你还要不要命啦，啊？"爹一下把宝子拉上石阶，喝一声："把衣服穿上！"凶凶地瞪起眼睛，直逼宝子。

"爹！"宝子迎着爹的目光，"爹，缩手缩脚的能干成啥大事？不闯一闯咋知道不行？"他摆动着手臂想挣脱爹的手。

"不行，你不能下水。"爹大叫，脸面上的肌肉在剧烈地颤动。紧接着，爹的嗓子里就发出剧烈的咳嗽声，那声音沙哑而急促，不停地从爹的嘴里迸出。宝子听起来有一种极不舒坦的感觉，仿佛是发自遥远的地方，很苍老，在没遮没拦的河面上传开，惊起了岸上几只觅食的灰鸟。宝子使劲咽下一口唾液，开始用力咬自己的牙根。

爹的脸呈深红色，连耳根和脖子也开始变红，下唇上的口水在无声无息地下垂。爹的手却仍然死死地抓着宝子的手臂。

宝子望了望在天空中飘动的太阳，心里一阵热，一种从未有过的冲动在他的胸膛里横冲直撞，他紧紧地闭上眼睛，使出全身的力气，狠狠地甩开爹的手，几步就走进了河水中。

当时宝子的动作异常坚决，连他自己也没想到自己会有那么大的力气，为此他暗暗地吃了一惊，当河水带着袭人的凉意一点一点地从他的小腿漫延到他的小腹直至胸前时，他都在为自己的坚决而吃惊。他的心咚咚地跳得急，仿佛要跳出了胸膛。他的耳朵里有一种极具诱惑力的声音在嘶鸣，他没有听到爹在身后叫喊些什么，也没有看爹的表情如何，只是走，义无反顾地向前走。

如果宝子此时能看一看爹的反应，他也许会改变主意回到岸上来。但他没有看，双手举着衣服，艰难地走。寒意使他的周身都在不停地抖动，河水包裹着他的皮肤，似无数枚银针在刺，他的皮肤开始麻疼。

走上河岸，宝子感觉到有风正冷冷地把他团团包围，他的牙齿因撞击而开始发出激昂的脆响，双唇也呈深紫色。他麻利地抖落身上的水珠，穿上了衣裤。他抬头望了望爹，但当时他望得相当匆忙，甚至完全没有看清爹的表情和动作，就转身向河堤上跨。

就在宝子转过身的一刹那，河对岸的爹落入了水中。

宝子爹在宝子走进河水之后就开始边跳脚边喊宝子。由于气愤与焦急，他又开始剧烈地咳嗽，这使他的眼里流出了许多泪水，他就忽略了脚下石阶上碧绿的青苔。宝子爹脚下一滑就跌入了水中。他用力拍打着水面，溅起了许许多多的水花，费了好大劲，他才爬上石阶。但他没有停歇，站起来，连身上的水珠也没有抖，就用手指着河对岸的宝子高声地骂起来。

然而宝子对这一切一无所知，那种嘶鸣声一直不绝于耳。他几步就跨上了河堤，把河甩在了身后。他站在通往镇子的路上，十分亢奋地跳了跳脚，"嘿！嘿！"他发出两声尖厉的锐叫。

宝子扬了扬手，阳光团团包围着他，他开始有一种被爱抚的感觉，温暖的感觉。

他的目光直直地射向东方，射向东方的镇子。镇子真真切切地出现在宝子眼前，在秋阳的照耀下，一片亮丽……

弹弓的目标是鸟

　　在锦城寂寥的街面上与童年时的伙伴米羊不期而遇是我怎么也没有想到的事情。我们在一家音乐茶室坐下来，有大约5分钟左右的时间，我们都默不作声地望着对方。后来米羊首先打破了沉默，他说：你能进机关这一点儿也不奇怪，你上小学时就比我更愿意思考一些本不该我们思考的问题。你的工作很让我羡慕，我太累了。我的公司规模越来越大，事也多得忙不过来。我明天要飞到深圳去。我相信米羊的话是真诚的，虽然在我的印象中米羊是个鬼精的家伙，但今天他的确是真诚的，我从他的眼睛里可以看出来。

　　米羊是个鬼精的家伙。那时我们都还是十几岁的孩子，读小学，米羊就给我留下了这个印象。其实我们两个人一直是很要好的朋友，我们俩同岁，我们的家就住在厦谷镇东面面临女儿河的一片开阔地的边缘。我们是邻居，又同在厦谷小学同一个班级里读书，我们成为好朋友是很自然的事。米羊的学习很糟糕，这一点他远不如我风光，许多次大大小小的考试都是由我来帮助他，他才勉强过关。就是这么个对学习可以说没有多少兴趣的孩子，后来居然考取了大学，而且在事业上春风得意，我的心里画了许多问号。鬼精的米羊果然看出了我的心思，他说：你产生这个疑问一点儿也不让我意外。他点了点腕上的手表说：我只能待半个小时，我根本没法把我的事详细地说给你听。不过有一件事你大概不会忘记，就是我家搬出厦谷镇前夕，我俩因为一把漂亮的弹弓而进行的争吵。

　　要不是米羊提起那把弹弓，我真的已经把那件事忘得一干二净了。在那时我们过于平淡的生活中，那把漂亮的弹弓引发的可以称得上是一起事件了。

　　那把弹弓的确很漂亮，它的身子是我父亲花费一个小时的时间用8号铁丝精心制成的，上面还均匀地缠上了灰色的手指宽的布带，衬出它优美圆滑的曲线，精彩得像一只猫弯起的尾巴。更加不同凡响的是它的两根修长的皮管。当时夏谷镇街面上孩子玩的弹弓所用的橡皮条基本上都是黑色的薄薄的皮条，它们的效果普遍不好，不是过于松懈，就是缺乏弹性。而我的弹弓则是用父亲去城里走亲戚时为我要来的两根医院用的输液橡皮管制成的，崭新的皮管使我的弹弓身价倍增。这样的一把弹弓看上去真是棒极了，我的心情也棒极了。更加精彩的是，米羊的姐姐米雪用红色丝线做了一个滑软的穗儿。开始时我并不喜欢安上它，但我一直对米雪的手艺很钦佩，于是当米雪说把弹弓拿过来时我没有拒绝。安上了红穗儿果然效果不同，米雪高兴地用手在我的脸上摸了一下，把弹弓递到了我的手上。米雪的手软软的，有一股香味。当时，米羊站在一边，狠狠地推了我一把，傻什么傻，走吧！我非常奇怪自己为什么会对米雪的手和手上的香味这么感兴趣。接下来我就开始玩我的弹弓了。皮管良好的弹性和柔韧性使我的弹弓性能出奇的好。我和米羊告别了米雪就跑到女儿河岸边做了一个有趣的实验。我们把一些巴掌大的石块在地上立成整齐的一排，我们站在15步远的地方用弹弓来射。米羊10下只能射中4到5下，而我用我的弹弓则可以射中7下。后来情况发生了一点变化，我想米羊大概就是从那一刻起对我的弹弓垂涎三尺的。他使用我的弹弓竟然射中了9下。这多少有些让我吃惊，因为这说明米羊玩弹弓的技艺要比我高超。于是我果断地做出决定，从此以后不让米羊碰我的弹弓。

也许是我的态度过于坚决使米羊产生了一种强烈的失落感，米羊看我时的眼神总是失望占有很大的比重。尽管我很同情他，看着他眼巴巴地盯着我的弹弓，我的心里也很不好受，但我仍然十分固执地坚守着自己的决定。

有那么两三天米羊总是躲着我，不和我见面，即使我们面对面走到了一起，他也努力地扭头不看我，显出一派轻松的样子。但我心里十分清楚，他那是极力做样子给我看。于是我总是在他的面前把弹弓拿出来，准确地把落在树枝间的青青的鸟儿射下来。我的努力终于产生了效果，弹弓的诱惑力是巨大的，有一天米羊笑嘻嘻地找到我，提出了一个令我吃惊的要求：他要用他的10枚花花绿绿的玻璃球换我的弹弓。那些玻璃球是米羊的宝贝，他曾不止一次因为那些玻璃球而与人打架。说实话我是真的喜欢那些玻璃球，拥有那些玻璃球曾经是我的一个很大的心愿。有一刻我甚至要动摇了，同意米羊的要求。

但当我看到米羊的眼睛里放射出的是那么强烈的欲望之光时，我果断地打消了成交的念头，将弹弓收起来，大声拒绝了他。

那些天我变成了一个孤独的孩子，米羊不再跟我一起玩，连其他孩子也没人跟我玩。我整天拎着弹弓像一只无家可归的猫在厦谷镇的街面上无精打采地闲走，有时到女儿河边的树丛中去射鸟，但糟糕的是我的技艺似乎在消失，我花费了一个上午的时间竟一只鸟也没有射到。那些绿绿的高高低低的树默不作声地站立着，鸟们在树间得意地跳舞嬉戏。它们一定是在向我发出挑衅，但我并不上它们的当，我努力地把头扭向一侧，不去看它们，步子也迈得看上去十分轻松。暑假的日子长得没完没了，我不知道应该玩点什么，打发掉寂寞难耐的时光。后来我不再东游西窜，稳稳地坐了下来，因为米雪正坐在院门边的凉石上帮助她的母亲缝一种方方正正的布。我就坐在她的对面，看她干活儿。我喜欢看米雪干活儿，米雪干活儿的动作很好看，我喜欢和米雪在一起。有一次她亲口对我说她长大了要当一名医生。医生戴着白帽子，穿着干净的白衣服，多帅气！她说。米雪看见我来了就冲我笑了笑，继续干活儿。我可以感觉到米雪很喜欢我，她曾说过她的确喜欢我，而不喜欢米羊，因为米羊的学习成绩太差。她还说她认为我是个好弟弟，将来一定会有大出息。现在米雪坐在这儿缝碎布片也一定正在想这些事情。但我没有注意她的表情，只是死死地盯着她的白白的小手。她的手真灵巧，那枚又短又细的针在她的手上像一个听话的孩子，一翻一转，一伸一扬，她的手好像是在跳舞，很轻松地把一块块不大的碎布片缝到了一起。我问她：米雪姐，你干吗缝这个？米雪说：卖钱哪。我说：是卖到城里吗？米雪说：是。过了一会儿我又说，那谁使用了你缝的布就幸运了。米雪说：为什么？我说：他可以从布上就闻到你手上的香味了。米雪很吃惊地看了看我，说：我的手上有香味么？见我点头，她举起双手放在自己的鼻子底下，闻了闻，我怎么闻不出来？我有些急：真的有香味，你闻不出来那是因为你闻你自己的手！米雪看着我，突然就笑了起来。

我想米雪干活儿时的样子的确是很迷人的，否则我不会看得那么全神贯注，看得忘掉了周围的一切。直到米羊突然从背后抽去我手里的弹弓，我才从那痴痴地凝视中惊醒过来，跳起身愤怒地冲米羊大喊大叫。

米羊并不逃跑，他抖着弹弓大声说：我不要你的弹弓，我只想借用一下。

我只借用半天时间，就半天不行吗？米羊说话时的口气十分可怜，脸上挤出的表情也是一副令人同情的样子。然而我不想就这么轻易地满足他，况且米羊采取的是让人无法接受的方式将弹弓拿到手的，于是我对米羊的请求断然拒绝，不行，一分钟也不行！我大声说。

米雪停下手中的活计，把放置在一双膝盖上的布片挪开，对米羊说：米羊你把弹弓还给他，你这样做是不道德的。

米羊对姐姐米雪的话并不在意，他仍旧抖着弹弓说：我们不是好朋友吗？好朋友之间借一下弹弓都不行那还叫什么好朋友？

我不打算跟米羊争论下去，就跳过身边的凉石向米羊冲去。我把手长长地伸出去，伸向米羊：快，把弹弓还给我！

米羊一边往后退，一边从地上捡起一枚石子，夹在弹弓上，说：你咋这么绝情？我又不会把弹弓弄坏。

我说：不行，快还给我！

米羊有些绝望了，但他很显然不死心，一边转着圈子躲避我，一边把弹弓拉起来，对准我，威胁说：你要是再追，我就射破你的头。

我并不惧怕米羊的威胁，仍旧伸着手向前走：你射破我的头我也不会借你。

米羊把手上的弹弓拉得更长了，此时我离米羊只有三五步远，我正处在危险之中。但我没有害怕。

我不知道当时自己为什么没有害怕，将弹弓拿回来的强烈愿望占据了我的整个思维，以至于米羊把弹弓中的石子发射出来时我一点儿防备都没有。石子带着巨大的惯性向我急速飞来，一时间我吃了一惊，呆住了。假如这枚石子落在我的头上或脸上，那后果将相当严重，幸运的是米羊发射的石子并没有击中我，他是边跑动边扭回身发射的，其准确度就大打折扣。我听到石子带着令人心颤的啸声从我的耳边迅疾而过。

这时米雪叫喊一声，一把抓住从身边经过的米羊，厉声说：米羊你怎么敢这样？你会闯祸的，快把弹弓给我。说着她抓住了米羊手里的弹弓。在没经人家允许的情况下你这么做就是小偷，就是强盗！就在米雪夺下弹弓的同时她发出了一声痛苦的尖叫，接着我看见她抱着左手蹲下来，本来不大的嘴咧得十分夸张。

米雪痛苦的样子把我吓了一跳，米羊也跳开一步，看着米雪。

好一阵米雪才慢慢地站起来，右手用力握着左手的食指。后来她松开右手，我看到她的左手食指上出了血，是她手上干活儿用的针扎伤了她的手。

米雪走过来把弹弓还给我时，我听到她的嘴里正发出微弱的咝咝声，我就想米雪对疼痛的忍耐力真的很好，要是我，恐怕早就哭了。

米羊眼看着弹弓又回到了我的手上，他顿下脚板指着米雪叫：米雪你不够意思！米雪我恨你！叫完，他就气愤地跑掉了。

米雪坐回到凉石上，又握了一阵手指，便拿起碎布要干活儿，可她的手指分明还在疼，她不得不再次放下布片，握着自己的手指。

我走过去轻声对米雪说：米雪姐，谢谢你。

米雪只抬头看了我一眼，就低下头再没有理我，也没有说话。我站着等了一会儿，她还是没有说话，我只好颇觉遗憾地走开了。

8月的天气已经很热了，树们像一个个垂暮老人，站得毫无生气。鸟儿早已不知去向，天空平静而沉重，像一块花白的石头。炎热使空气变得闷闷的，我的心里更闷，拥有一把漂亮的弹弓不但没有给我带来快乐，反而让我的日子过得很不愉快，这是我始料不及的。我的兴致大减。父亲和母亲整天都在忙于干活儿，天气炎热也没有阻止他们。见我懒懒散散的样子，父亲说：你应该帮助我们干一点活儿才好，十几岁的男孩子可以干一些活儿了。我的心里正烦，听了父亲的话倒使我对干活儿有了兴趣，我想到干一点活儿说不定会使我开心快活起来呢。于是我问：干什么活儿？

父亲给我安排的活儿是在晚饭后天凉爽下来时把菜园中不大的一块地用铁锹翻一下，他说翻了地他准备种秋菜。我愉快地接受了任务，但只干了几分钟我就发觉干活儿并不是一件好事情，铁锹的刃原本是很锋利的，但不用力去踏它根本就插不到土里去。我开始后悔接受了翻土的任务，便停下来把锹立在地上，双手拄着发呆。

米羊是在我发呆的时候出现的。他的手里仍然拿着那十枚玻璃球，这一次他提出了一个新的建议：我们比赛，我赢了，弹弓归我。你赢了，玻璃球归你。我说：赛什么呢？米羊似乎早有准备，张口就说赛翻土，谁快谁赢。我一听这是个不错的主意，在比赛的同时他还可以帮助我完成翻土的任务，等我把玻璃球赢过来，翻土的活儿也完成了，不是一举两得么？于是我大声说：行，就赛翻土。

我们用锹柄认真地丈量了地的长度，然后一分为二。一切准备好，我一声令下，我们便开始翻土。

比赛的结果十分糟糕，我输了。当我把弹弓交到米羊的手上时，我的心里十分委屈，眼泪开始不争气地在我的眼睛里转。我转身走开了。我不想让米羊看见我的眼泪。

失去了弹弓我的心里始终无法平静，晚上我几乎失眠了，我想我睡着的时候一定是快到半夜了。第二天早上，我还没有睡醒，父亲就冲动地把我拎了起来，一直拎到菜园中我昨天傍晚翻过的土地前。父亲用锹挖了几下说：你看看你干的活儿，你看看你干的活儿，这土翻得还没有一羹匙儿深你叫我咋种菜？

父亲的斥责突然提醒了我，我惊喜地发现翻得很浅的那一块儿就是米羊干的，他是在比赛中耍赖了。我没有理会父亲，转身就跑出院子，冲进了米羊的家。米羊还没有起床，我在他圆圆的屁股上狠狠地拍了一下，大叫：你起来，把弹弓还给我。米羊的父亲和母亲问明了原委，把弹弓放到了我的手上。米羊很不服气，站在床上叫：你输不起！你不是好人！

白天，我拎着弹弓四处游荡，米羊则像个影子似的跟着我。我故意不理他，我甚至用弹弓射死了两只鸟儿，并当着他的面把死鸟丢进女儿河里。我是在气他，我要让他死了得到弹弓的心。米羊有很好的耐性，不停地跟我搭话。但我对他不痛不痒的话置若罔闻，东张西望地走，从河边走到镇街，最后走到菜园里。这儿没有多少树，也就没有鸟儿，于是我走到一口井的井台边坐下来，用手一下一下地抠井边的青苔。我是做给米羊看。米羊在不远处的树下面坐着。我们没有说话。坐了一会儿，我突然发现井口辘轳上缠满了绳子，绳子的另一端是一个汲水的柳罐。我就决定汲一罐水上来，洗洗手和脸。我模仿大人的样子把柳罐放到井底，很快就汲上来满满一罐水。但我的手臂短，柳罐已经升到井口了却怎么也弄不上来。我用力支撑着，希望能有个人来帮助我一下。但附近只有米羊正悠闲地坐在树下。我没有喊他，我心里很清楚只要我喊一声米羊会很高兴地跑过来帮我，但我不打算让他来帮忙。脚下很滑，我怕自己滑到井里去，就想把柳罐放回到井下。但刚刚放回一点儿，我就怎么也控制不住越转越快的辘轳了，柳罐飞快地落入了井底，发出沉闷的轰的一声响。我吓一跳，四下张望一下，见远处绿绿的菜地里二埋汰正在挥锹干活儿，我知道这柳罐是二埋汰的。这时我害怕了，这个二埋汰是镇上最不讲理的人，谁都怕他，都怕和他发生矛盾。我小心地把柳罐摇上来，发觉很轻，仔细一看，原来柳罐的底儿已经破了个大洞，里面一滴水也没有。我大惊失色，连忙放下柳罐，沿着地边的小道向菜园外面溜。这时我看见二埋汰已经拎着锹向井这边走来，我一缩身钻进了已有半人高的玉米地里，藏了起来。

二埋汰尖锐的叫骂声和米羊的哭声很快就响了起来，我在玉米地里可以隐约看见米羊的父母正在低三下四地向二埋汰赔礼道歉，米羊则特别像一个犯了错误的孩子垂头立在一边哭泣。我大吃一惊，米羊怎么成了弄破柳罐的人？他怎么了？

对二埋汰的惧怕使我不敢久留，我穿过长长的玉米地，转到了镇街上。我没敢回家，在镇子里转来转去，害怕二埋汰弄清了事情的真相找到我们家去。

吃晚饭的时候我溜回了家，我听到米羊的家里已经闹翻了天，父母亲都跑过去劝架。我趴在门边向米羊家望，只见米羊的父亲正把米羊夹在腋下，抡起手里的擀面杖一下接一下地打在米羊的屁股上，米羊的两只手在半空中胡乱地抓着，却什么也抓不着，他的嘴里发出比杀猪还要响亮的哭叫声。

我的心里一阵搅，似乎还一下一下地疼，那滋味真比自己挨打还要难受，我不停地用手擦脸，想让自己平静下来，但我无法控制自己。

十几岁的孩子，控制力是有限的。

几天后，米羊家就要搬走了，从城里来了一辆很高大的汽车，米羊的父母心情似乎并不好，默默地指挥人们往车上装东西。我的父母也过去帮助搬家具。这时我产生了一种空落落的感觉，这种感觉的出现是那样突然，那样无法抗拒，我的心慌得厉害，似乎要有什么大事情发生。我呆呆地站在镇街的一边，观看那些出出入入忙碌的人们。这时米雪从院子里出来，张望了一下就向我走过来，我看见她的嘴抿得很紧，没有说一句话。她很快走到我的身边，一下子就把我死死地揽在了怀里，我的头夹在她的腋下，我看到她那双白白的小手就垂在我的胸前，它们不由自主地颤抖，手指上扎伤的针眼仍然红着，那种香味再一次飘进我的鼻子。我努力地抬起头看米雪的脸，我看见她的眼睛红红的，从里面流出的泪水在她已经苍白的脸上恣意地流淌着。我的心完全翻了过去，面对米雪的泪眼我彻底垮掉了。我颤着声音叫了一声米雪姐。米雪并不回答我，只是抱着我的头，用她的脸在我的前额上摩擦。我又叫了一声米雪姐。我的声音完全变了形，极力地控制自己，不让眼泪涌出来。米雪的喉咙里发出了悲怆的声音，费了好大的劲才说出3个字：好弟弟……她把那双白白的小手伸进我蓬乱的头发中，抓了一阵，就捂住嘴，努力不使自己发出声音来，转身丢开我。我呆呆地站着，看着米雪向汽车奔跑的背影。上车的时候米雪差一点滑下来摔倒，我的心一下子飞到了天空中。

车子要开动了，围观的镇上人为汽车闪开了一条道。这时米羊从屋里拎着他的书包走了出来，我看见他走路很不麻利，他父亲因为柳罐的事把他打得太重了。而实际上米羊是代我受过。我不由得心里猛地颤了一下，冲动地向前奔一步，喊了一声：米羊！

米羊走到我的面前，紧紧地咬着自己的下唇。我们面对面地站着，谁也没有说话。可是我很快就再也控制不住自己了，我的手开始麻，双唇剧烈地抖动着。在米羊抬腿要迈上汽车的瞬间，我把手里的弹弓往米羊的怀里一塞，转身就飞跑起来。泪水很快流满我的脸，我跑到凉石边一头扑下去，双膝跪在地上，把额头死死地顶在凉石上，放声大哭起来。我放肆的哭声掩盖了四周的一切，我不知道汽车是什么时候开走的，我不敢抬头看，我很害怕看见米羊和米雪的脸。我的父母和同学来劝我也无济于事，他们根本无法阻止我，我的泪水和我的哭声一起无法自制地汹涌而出。

回到家里的时候我已经哭得筋疲力尽，我一头栽在床上不想动弹。我的脑子里闪来闪去的都是米羊和米雪的脸。

当我睁开眼睛时我看见了什么？那是什么？晶莹地站成一排的是什么？我猛地跳起来。我看到十枚花花绿绿的玻璃球正整齐地排在我的眼前。

那是米羊的宝贝玻璃球么？

那是米羊的宝贝玻璃球呵！

泪水再一次冲出我的眼窝，潸然而下。

米羊说，如果不是你把那个漂亮的弹弓给了我，我极有可能不会有今天。

米羊看看表就说我得走了，否则时间来不及了。

送走米羊，我发现我们两个人共同回忆的这段往事是那么温馨而富有哲理。

米羊走了，我在细雨中站立着，好久也没有走开。这时我的身子重重地抖了一下，我突然就想到怎么没有向米羊打听一下米雪的消息，懊悔比这潇潇细雨更迅速地在我的身体上弥漫。

米雪是不是好呢？米雪是不是真的当上了一名身穿白衣服的很帅气的医生呢？

我为她祝福。

神秘的林子

村子里一个叫小碗的男孩子到女儿河后山林子里捕鸟，被黑条子蛇给咬了。那是一个阴雨天，林子里阴凉潮湿，脚下矮矮的草皮又光又滑。据说小碗拖着伤腿跌跌撞撞走出林子的时候表情十分痛苦，被人送到了镇上的医院。小碗娘从医院赶回村里取东西，说小碗的脚怕是很难保住了，小碗娘的泪水比春天的雨还要凉，滴在村里人的心上。

全村人的心情如这没完没了的阴雨天，透不进一丝阳光。

爹便凶凶地瞪起眼，冲我吼："你要敢上后山，我打断你的腿！"

黑条子蛇是有毒的，但是我们几乎从未见到过这种蛇。倒是有些无毒蛇我们常见到，像野鸡脖子，还有小青蛇。

小碗的事成了全村人经常议论的话题，也让女儿河后山上的那片林子在我们的心中越来越神秘。

那里的确是一片神秘的林子，生长着北方常见的白杨树，还有密密实实的榛树，一丛一丛的。我们很少到后山上去。因为每年都有人在那里被黑条子蛇咬伤，大人就不厌其烦地拎着耳朵警告我们，不许我们去那林子里玩。

但是我们都知道，其实后山是个好地方，那里是鸟的天堂，也是山野菜生长的家园。山菜长在没有污染的后山上，是大家都很喜欢的美食。尤其是春天，家家的菜窖里基本上空了，去年冬天存储的菜吃完了，只能靠淹在大缸里的咸菜下饭。咸菜没什么营养，在春天能吃上鲜嫩可口的山野菜，是最有口福的一件事。

所以，有胆子大的人就到林子里去，捕鸟，或者去采山野菜。

那些胆子大的人，基本都是大人。我们这些半大孩子，轻易是不敢涉足那片神秘的林子的。

小碗的事情出现之后，我感觉那片林子已经不仅仅是神秘了，甚至还有一点……恐怖！

二

下午，天终于放晴了，阳光一大片一大片地从天上泼下来，把村子照得既明亮又温暖。村边的田地清清亮亮的，伸展着，弥漫着一大片展开的平坦的静。

爹说："天晴了，地温就升上来，已经出苗的苞米也可以伸腰疯长了。"

爹说话的时候美滋滋的，叉着腰，站在我家房后的田地前，望那片嫩绿色的苞米苗。

爹的好心情也影响到了我。我很放肆地在田地前跑过，跑到村街上玩。

我是一窜一窜地跑的，还一边跑一边拍着屁股。我用这种方式来发泄我的快乐。有久违的阳光照着，暖暖的感觉涌在身边，想不快乐都难。

我跑得飞快，可以清晰地感觉到我的头发飞了起来，我的头发和头发上的风正纷纷向后飞去。

土豆一定是发现了我的快乐，也挥舞着胳膊跑出来，冲我大喊大叫。

他的手里拿着几枚花花绿绿的玻璃球。我们便在街上玩了起来。

我和土豆正玩得开心，抬起头，突然发现石头从我们身边走过去了。我有点吃惊。石头看见我们在弹玻璃球，却没有理会我们，而是不声不响地走过去，这有点反常。

石头是我们这些孩子中胆子最大的，玻璃球也弹得最好。

石头比我们大，能打架，打起架来啥也不怕，我们都有点怕他。每次我们一起玩，我和虎子、土豆都很小心地提防着他，怕哪句话惹他不高兴。石头要是不高兴了可不是小事情，他鬼点子多，拳头也硬，被他盯上了，非吃苦头不可。

弹玻璃球弹得最好的石头居然没有理会正玩玻璃球的我和土豆，确实有点反常。我便捅了捅土豆，冲石头的背影努努嘴。

我和土豆都愣愣地看着石头。我发现他走路的样子有点飘，后背一晃一晃的。

土豆突然说："要有事了！"我们站起身，望着石头。

石头走路依旧是一晃一晃的，不一会儿就晃出一把弹弓。我看见他猫腰就摸起几枚石子，夹在弹弓上，把弹弓的皮子拉得长长的，向王老五家的新房子瞄准。

随着弹弓发出清脆的一声响，石头发射了石子。那石子迅速向前飞去，我和土豆还没有看清楚，就听到"哗啦"一声，王老五家新盖的北京平前门雨搭下的门灯便猝然破碎了，玻璃碎片散落一地。

我和土豆大吃一惊，对视了一下。

做豆腐的王老五惊叫着从屋里跑出来，看了看脚下的碎玻璃，又看了看愤愤而立的石头。"你……你怎么……"王老五气得说不出话来。

石头很是镇静，抖了抖手里的弹弓，说："我是提醒你一下，以后做豆腐别太黑心了。你做的豆腐一块能淌出一泡尿那么多的水，偷工减料太狠了点吧？大家的嘴上有准呢，你少放多少黄豆一口就能吃出来。"

土豆的脸上露出惊喜的笑容。其实我也笑了，只是我自己看不到。

我们都觉得石头的举动很解气。

王老五很显然不能在一个孩子面前丢脸，他气呼呼地指着石头，叫："就你事多，你算老几？"

石头一点没服，大声说："不管我算老几，我娘的头疼病不好，我就天天来射你家的灯和玻璃。"

一些人听见喧哗声，走过来围观，却没有一个人上前劝说石头。大家都静静地看着，暗暗地在心里解气。全村人几乎没有不对王老五有意见的。王老五的自私、蛮横不讲理在全村是出了名的，没人敢惹他。

我知道，石头娘头疼病犯了，是王老五给气的。石头娘因为豆腐太小和王老五争执起来，被不讲理的王老五气得三天没出屋。

王老五哪能在众人面前吃这个亏，他愤然拎出一把长鞭子，抖着，冲石头喊："看我怎么收拾你！"

那是王老五赶马车卖豆腐时用的长鞭子，一甩"啪啪"脆响。

我的心紧了一下。隐约中我怕石头吃亏。王老五犯起浑来，可是很厉害的。

可石头不但没跑，还往前凑了几步，说："你抽，往我脸上抽。"石头毫无惧色，歪着脖子，把脸亮给王老五。

王老五愣住了，竟然呆呆地举着鞭子，甩不出去，也放不下。两个人僵持了一阵，王老五收起鞭子，悻悻地嘟囔几句什么，转身回屋了。

"敢向王老五叫板，石头真厉害！"土豆情不自禁地说。

我用特别佩服的目光看着石头。石头从容地收起弹弓，在众人的注视下，走开了。

"我看石头肯定敢上后山的林子。"说话的是虎子。不知什么时候，虎子站在了我和土豆的身边。

胆子最大的石头从没去过后山那片神秘的林子。

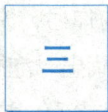

三

今年的春天来得特别晚，节气已经是谷雨了，可气温一直升不上来。冷空气一股接一股地袭来，没完没了，像羊拉屎，把一路走来的春天弄得斑痕累累。电视中说今年的春寒是全国性的，整个北方地区都在频繁袭来的冷空气控制之下。我都有点讨厌那个发布天气预报的播音员了，他一出来，我就换频道。

可换频道换不来好天气，艳阳高照、让我开心快乐的日子很少。

这就出现了新的问题，我们吃的菜太单调了。娘每天做的，都是淹在大缸里的咸菜，既没什么营养，也没什么好味道。

其实，镇上的菜市场里是有新鲜青菜卖的。但是由于天气的原因，青菜的价格贵得离谱，村里人不敢去问一问，更不要说买了。电视新闻中几乎每天都在报道蔬菜价格的变化情况。

于是，我有点馋蕨菜了。

春天的蕨菜是我们求之不得的美味，到山上采来新鲜鲜、水嫩嫩的蕨菜，经娘的手精心加工，或素炒，或凉拌，那清香的味道，滑嫩的口感，别提多爽口了。

我问娘："啥时候能吃上新鲜的嫩蕨菜呀？"

爹警惕起来，冷着脸警告我："你小子别给我打那片林子的主意！黑条子从来都是六亲不认的。"

女儿河后山上的那片林子，蕨菜长得最好。爹一眼就看透了我的心思。

我觉得很没劲，往街上走的时候，也是没精打采的。

土豆和虎子正在弹玻璃球。他们大概是玩得不相上下，互不服输。土豆尖着嗓子说虎子耍赖皮，虎子则指责土豆出球太慢。

我说："你们别吵啦！弹玻璃球又不是吃蕨菜，那么较真干什么！"

虎子说："正好，你也来弹。3个人玩更有意思。"

我便加入到他们的比赛中。可是，我的手太臭，弹出的球老是偏离方向。我弹玻璃球的水平一直不错的，可今天却怎么也发挥不出原有的水平，好像被赖着不走的冷空气给吹凉了。

我便玩得有些气急败坏。虎子不高兴地说："当心土豆的玻璃球，整坏了你可没处买去。"

我正要反驳虎子，却听到有人在不远处的女儿河边喊虎子。是石头。

我和土豆伸长脖子，望见石头正一边吹着柳笛一边冲虎子招手。

柳笛很好做，我们都会。折下一根青翠的柳树枝，将树皮和树枝拧分离，抽出树枝，用小刀在空心的树皮上割下一段，在一头削去树皮的外层，一只柳笛就做好了。吹起来，声音很响。

可我和土豆都没听出石头吹的是啥曲子。

虎子向河边跑去。我和土豆没有继续弹玻璃球，而是远远地看着虎子和石头。石头不再吹柳笛，和虎子说话。

我们听不见他们在说什么，但依稀觉得，他们是在商量什么事情。我看到虎子一直在听石头说话，接着就不停地点头。

我忍不住说："石头喊虎子说话呢。"

我知道我说的是废话，但我还是忍不住这样说。

土豆也说："是啊，他们在说话。"

我和土豆都在说废话。我们的心思是一样的，那就是虎子真幸运，虎子被那么有名儿的石头喊过去一起说话，是件很让我们羡慕的事情。

人人都服气人人都害怕的石头喊虎子一起说话，对于虎子来说，当然是很了不起的事情，很荣耀的事情。

我们不知道他们在说什么。我和土豆不约而同地放弃了弹玻璃球，不约而同地歪着脖子望正在说话的石头和虎子。

一定是我和土豆向女儿河方向眺望的样子直勾勾傻乎乎的，做豆腐的王老五赶着马车在村街上走过，冲我们硬硬地喊了一句："眼珠子掉地上啦！"

说着，王老五还甩了几下鞭子，那脆脆的声音在村街上炸开，粗鲁而冲动。

四

星期天的上午，我正趴在炕上，"吭哧吭哧"地写作业。老师留的作业很多，我把胳膊都趴疼了，脖子都趴硬了，还没有写完。

我索性一下子将身体全部趴在炕上，让自己放松下来，休息一会儿。

娘突然说："土豆喊你呢。"

我一愣。我没有听到土豆喊我。

娘说："肯定是土豆在喊你。"

我侧耳细听。果然，我听到一阵紧似一阵的猫叫声。

这是我和土豆联络的暗号，夏天的时候学青蛙叫，其他时间学猫叫。

我看一眼娘。娘微微笑了一下，继续做她的针线活儿。

我突然觉得娘真了不起，发现了我们的小秘密，居然那么不动声色，还提醒我。娘真了不起。

我丢下手里的笔，往门外走。

娘手上忙着活儿，头都没抬，说："别疯过了头。"

我冲娘笑了笑。我知道娘低头干活呢，没有看到我笑。可我还是冲她笑了笑。

"知道了。"我应了一句，跑出门。

土豆的表情十分紧张，好像整个身体都绷得紧紧的。他不眨眼地盯着我。

我知道土豆有事了，否则他不会这么紧张。"咋啦？"我问。

土豆像个蹩脚的特务，很是夸张地向四下里望了望。我们站在女儿河边的一棵大柳树下，周围一个人影也见不着。

我便在他的肩上推一下，说："快说吧。"

"石头领着虎子，上后山了！"土豆的脸始终都是紧巴巴的。

我也吓了一跳。"真的？他们的胆子也太大了吧。"

"我还能骗你吗？"土豆把眼睛瞪得圆圆的，看着我。"我亲眼看见他们每人手里拎着一个筐，直奔后山去了。"土豆说着还冲后山方向指了一下。

我向后山望去。远远的，可以看到后山上是一片郁郁葱葱的绿，像一个平静的圆馒头。女儿河水在山前蜿蜒着流过，清清白白的。白亮亮的河水和绿油油的山丘形成了鲜明的反差，一看，就知道那里一定是个风景优美的好地方。

我说："难怪呢，昨天他们两个人在女儿河边嘀嘀咕咕的。"

"这下虎子可是够牛的。上后山林子里走一圈，能跟我们吹牛吹半年。"土豆也眼馋巴巴地望着后山，目光里充满了羡慕。

我明白土豆的心思。其实我也是这么想的。我便问土豆："敢不敢追上去。"

"上后山那片林子？"土豆脸上那紧巴巴的表情很快就消失了，出现的，居然是欣喜！

我和土豆想到一起去了。我挥了挥手，便和土豆沿着女儿河边的小路，向后山飞快的追去。

我们完全忘记了大人的嘱咐，全然不顾黑条子蛇对我们的威胁，我们的心里只有一个念头，那就是到那片神秘的林子里去看看，我们不能落在虎子的后面。

时间好像被我们追上了似的，似乎是一小会儿，我们就来到了那片神秘的林子前。我和土豆站下来，看眼前的景致。我们很快就被惊住了。

只见后山上全是绿油油的树，左面是挺拔高大的白杨树，站着，特别整齐，比我们做间操时站的排还要整齐。一些风正在白杨树的顶上掠过，留下一阵阵窸窸窣窣的声响，像害羞的女生迈着碎步在操场上走。而白杨树丛里，却是安静的，比阳光还要安静。阳光从树冠的缝隙中穿过去，在林子里照出很多很多细碎斑驳的影子，比女生穿的花裙子还要漂亮。右边呢，是低矮的榛树丛，密密实实的，一片连着一片，像一个个形状不同的魔法城堡。在这里，阳光就潇洒多了，没遮没拦地在树丛间撒欢打滚，要多开心有多开心。我们的脚边，就是女儿河水，弯弯的，在后山前弯过去，弯得很是从容潇洒，像一只猫漂亮的弯尾巴。天上是明朗的太阳，偶尔还有一团团雪白雪白的云飘过。鸟儿更是一边翻飞一边起劲地叫着，比我们朗读课文的声音还要清脆。

"哇——"我和土豆都忍不住惊叫起来。

"这里可真美呀！这里可真奇妙呀！"我被眼前怡人的景致所吸引，情不自禁地发出赞叹，还忍不住吧嗒了几下嘴。

"没想到这里这么漂亮呀！"土豆兴奋地看着我，白白的小牙亮在外面，阳光一照，亮闪闪的。

我们的感叹引来了一声喝问。"你们来干什么！"

是石头和虎子，他们在矮树丛里露出头。石头闷声闷气地冲我们吼："快回去！当心你爹打你屁股！"

我说："你们胆子真大呀，不怕黑条子？"

虎子"嘿嘿"一笑，说："石头告诉我了，这样艳阳高照的晴朗天气，是没有黑条子的。知道么，黑条子喜欢阴凉潮湿的环境，有太阳的晴朗天，它们就猫在窝里，不出来活动。"

我和土豆对视一下，有些发愣地看着虎子。

石头笑嘻嘻地扬了扬手里的嫩蕨菜，说："这是我爷爷告诉我的。"

"嘿！"我兴奋地叫了一声。

土豆干脆尖叫着向树丛里奔去。

我们都不再说话，在树丛里窜来窜去，采集着嫩蕨菜。我太高兴了，今天晚上我就可以吃上清香嫩滑的蕨菜了。

我和土豆没有拿筐，便索性脱了外衣当筐，装嫩蕨菜。

我还在溪水旁发现了在女儿河边也不常见的长长的三棱草。三棱草的弹性非常好，捏瘪了还能自己弹起来，却不破不断，是做草编最好的草。我毫不犹豫地采下一些三棱草。

当我们满载而归的时候，太阳已经悬到了头顶。

五

我采回来的蕨菜每一棵都是鲜嫩的，颜色呈黑褐色。我们都知道，蕨菜呈黑褐色时，才是最嫩的。要是颜色长浅了，说明它们已经老了，就不能吃了。

我很高兴，能吃上鲜嫩的蕨菜我当然高兴。

可是，我的高兴只维持了一小会儿，就像被橡皮擦掉了一样，眨眼的工夫就消失得无影无踪了。

因为爹。

此时，用心惊胆战来形容我真是再恰当不过，爹的脸比嫩蕨菜的颜色还要黑！

"你的胆子有多大？啊？你说你的胆子有多大？"爹在我的面前抖着他的大巴掌，"就你们几个毛手毛脚的半大小子也敢钻后山的林子？"

我看到爹的手掌上满是厚茧，粗糙肮脏的皮肤下面，涨着若隐若现的红。我知道那是爹的手掌在充血，他是气的，他的大巴掌在暗暗地使劲。

那大巴掌一定硬得跟铁锹差不多，要是落在我的身上，我非散架子不可。

我的心揪在了一起。我吓坏了。

爹一定是知道我害怕了，他的大巴掌没有落下来。

我看出了爹的心思。我真的害怕了，以后再不敢了，也就达到了他的目的。他不会真的狠心打我，大巴掌落在我的身上，他也是心疼的。

于是我说："爹，我再也不敢了。"

娘一边收拾蕨菜一边说："你说你要是万一出点啥意外，我和你爹得咋活？我们就你这么一个儿子。想想真是后怕。"

我说："石头的爷爷告诉过他，黑条子蛇喜欢阴凉潮湿的环境，像今天这样的大晴天，它们不出来活动。阴雨天上后山钻林子的人很少，所以人们才不经常看到黑条子。"

"不怕一万，还怕万一呢！"爹的脸依旧是黑黑的。

吃晚饭的时候，爹捏起了酒盅。娘做的是蕨菜炒肉丝，加蒜末、盐和味精，那味道，香得我直想打喷嚏。

爹的脸不黑了，还有了隐隐的笑意。他每抿一口酒都要吧嗒几下嘴，似乎是在品酒的味道，又好像是在品自己的好心情。

娘不停地往我的碗里夹菜，嘱咐我多吃些。

爹嘴里嚼着蕨菜肉丝，突然问我："黑条子喜欢阴凉潮湿的天气，是石头的爷爷说的？"

不等我回答，爹就继续抿他的酒。

我笑了。我依稀觉得，那原本神秘甚至有些恐怖的林子，似乎在一点点变得清晰起来。

六

上手工课，我采来的三棱草派上了大用场。

我用三棱草编了一只漂亮的小船。我编的小船和在女儿河里划来划去的小船形状差不多，但是我在船头的位置插上了一面小红旗，效果就大为不同了，咋看咋漂亮。

全班同学，只有我一个人编出了小船，让大家都羡慕得不行。

虎子和土豆更是懊悔得直想打自己的嘴巴。他们和我一样上了后山钻了林子，却没有采回来三棱草。我看到虎子的嘴巴咧到了一边，土豆则"呼哧呼哧"喘得像风箱。

我高兴了，把小船高高地举起，嘴里发出"呜呜"的叫声，驾驶着小船，在教室里开来开去。

老师毫不吝啬地把最佳手工制作奖颁给了我。

得不得奖我不是很在乎，我在乎的是神秘的林子带给我的这份良好的心情。我在教室里开着船，仿佛又来到了林子里，心"咚咚"地跳着，其中夹杂着紧张，还有掩饰不住的欢快。

我很是投入地开着小船，美滋滋的。那淡淡的草的味道一股一股地钻进我的鼻子，酥酥痒痒的，那么清香，那么神秘……

魔笛

一

土豆和虎子打起来了。

在女儿河河滩上，虎子用手死死地抓着土豆的衣领，用力往上提。土豆的脸不由自主地扬着，一只手抓住虎子的手，试图将他的手掰开，另一只手也抓着虎子的衣领。但是他显然没有虎子的力气大，虎子的衣领被他抓着，虎子却一点没有难受。

其实土豆的力气并不比虎子差，只是个子比虎子矮一点。

但个子矮并不是土豆处于下风的原因，原因是土豆有点怕虎子。班里的同学都有些怕虎子。虎子爱打架，打起架来有股虎劲。

所以土豆的心里有些怵，怎么用力，也抓不开虎子拎他衣领的手。相反，他发觉自己的双腿有些软。

土豆说："你不讲理。"

虎子用力搡了土豆一下，厉声说："你掐疼了我，还说我不讲理。我看你是肉皮子发紧了！"

土豆很委屈，说："掐疼你，我又不是故意的。再说，我还给你樱桃吃了呢。"

土豆说得没错，他真的给虎子樱桃吃了。

事情的起因，就是樱桃。

土豆家后院有一丛茂密的樱桃树，每年春末，都结出满满一树的红樱桃，看着喜人。那樱桃不大，吃在嘴里，酸酸甜甜的，别说有多清爽了。

就为这棵樱桃树，土豆在同学中很有面子，特别是当他从衣兜里摸出樱桃放进嘴里时，常常引来不少馋小子贪婪的目光，有的，还不由自主地咽唾沫、吧嗒嘴。

虎子就是其中一个。虎子吧嗒嘴吧嗒得很响，一点儿不掩饰。实在忍不住了，他就向土豆要樱桃吃。

"土豆，来一个樱桃，解解馋。"虎子说话很直率。

土豆尽管有一些怕虎子，但此时见平时牛气的虎子跟自己要樱桃吃，他的心里就美一下，随手从衣兜里掏出两粒樱桃，放在虎子的手上，说："要一个给两，再要挨打。"

这是男孩子们常说的话。别人向自己要东西时，就说这句话。这是两句话中的第一句。

虎子很没有风度地接过樱桃，看也没看，就扔进了嘴里。

那酸酸甜甜的美味弄得虎子舒服极了，他吃得很响，好一阵，才有些不舍地把樱桃核吐了出来。吧嗒一下嘴，他似乎更馋了。

于是虎子再次把手摊在土豆面前，说："嘿嘿，真好吃。再来两个，怎么样？"

土豆没有打虎子，也没有拒绝，而是摸出3粒樱桃，放在虎子手上，说：

"要两给仨，再要挨掐。"

这是男孩子们常说的两句话中的第二句。

当虎子吃完樱桃忍不住再次向土豆伸出手时，土豆没有给他拿樱桃，而是在虎子的胳膊上掐了一下。

第一次他没有打虎子，第二次他没有食言，掐了虎子。

他是想，虎子吃了他的樱桃，不会因此而和他计较。再说，他掐虎子，并没有用力，只是开个玩笑。

可虎子不干了，一把揪住土豆的衣领，叫："你敢掐我？你掐疼我了！"

双腿发软的土豆被虎子搡了几下，身体就失去了平衡，差一点倒在草地上。他的身子靠在一棵树上，惊惧地看着虎子。

"你……你还偷拿了我的水性笔呢。"土豆说话很没有底气。

"放屁！谁拿你的水性笔了？"虎子瞪起了眼睛，用脚一下一下地踢地上的草。河滩上的草被他们踩倒了一大片。

"反正……就是你拿的。"土豆的声音越来越小。他很委屈。

虎子的推搡更有力了。他指着土豆的鼻子尖，叫："你这是血口喷人，你这是诬陷！告诉你，诬陷别人是犯罪的。你敢诬陷我，我让大龙拿电棍电你！"

大龙是虎子的三舅，在镇派出所工作。

没有电棍来电土豆，土豆就已经身体发抖了。

这时，于小苗尖叫着跑了过来："别打啦！快回学校去，徐老师让你们马上回学校去。城里的老师和学生马上就到了！"

放手的时候，虎子不依不饶地指着土豆说："你等着，等一会儿城里人走的！"他的目光凶凶的。

土豆的心，并没有放下来，依旧紧紧的。

二

走进学校大门时，虎子还在不停地捅土豆的肩："你要再敢诬陷我，我就真的把大龙叫来，把尿给你电出来。"

土豆不敢正面和虎子对抗，只是当虎子捅他的肩时，他就闪一下胳膊，拨开虎子的手。

后来虎子不捅土豆了。他们看到一辆雪白的面包车正停在操场边，校长，还有老师们迎上去，打开车门。同学们站着排，站在一边，正热烈地鼓掌。

徐老师挥着手示意土豆他们赶紧站到队伍里去。

站好了，土豆就看见城里的老师和同学从面包车里走出来，与校长、老师握手。

土豆知道，他们是与村小学结成手拉手学校的老师和学生代表，徐老师曾经说过。

校长开始讲话，但校长讲了些什么，土豆没有听清，他的全部注意力，都在从城里来的一个女生身上了。

土豆十分惊讶地看着那个文静的女生。女生的年龄和土豆差不多，她穿着白色的上衣，蓝色的裙子，裙子上还有两个吊带，在女生的肩上吊过去，衬在白衣服上，咋看咋高雅！这样的衣服土豆只在电视中看到过。更让土豆吃惊的是，女生始终微笑着，那笑容很甜，也很清澈，和电视中的小演员一样！

"我的天！我看到了这么漂亮的女生呀！"土豆不由自主地在心里发出惊叹。

这么好的女生，真是让土豆既羡慕，又喜欢。

土豆瞄了一眼身边的虎子，他惊异地发现，虎子也正目不转睛地盯着女生看，嘴还微微张着，那个贪婪相儿和馋樱桃时一模一样。

土豆就狠狠地瞪了虎子一眼。尽管虎子看不到，他还是瞪了虎子一眼。

校长讲完了，城里来的老师和学生参观村小学的校舍。同学们也都散开，和城里的学生自由交谈。

土豆真想直奔漂亮的女生而去，与她说话。看她文静的样子，说话的声音也一定很甜。

可土豆没有好意思，站着，眼睛盯着女生。

土豆没想到虎子竟然直接走到了女生面前，问她叫什么。

土豆也连忙靠过去。他听到女生说话的声音果然很甜。

女生笑眯眯地说："我叫然然。"

虎子说："我们乡下孩子，衣服没有你们的干净，长得也没有你们好看。"

虎子分明是在讨好然然。土豆白了虎子一眼。

然然笑起来，笑得一点声音也没有，还用手背挡着嘴。她的肩一抖一抖的，像两只飞舞的蝴蝶。

土豆说："但是在乡下，也有城里人见不到的好景致，比如女儿河。河滩是我们平时玩的地方，可有意思啦。"

"是呀。这一点，真让我们羡慕呢。"然然看着土豆，认真地说。说话的时候，她还扭一下身子，蓝色的裙子就飘了一下，像仙女。

土豆的心里美了一下，他得意地看了虎子一眼。他觉得自己说的话很得体，得到了然然的认可。不像虎子，说话那么粗俗。

虎子也看了土豆一眼，目光不再凶。

他们边说话边走进校长办公室。

一进门，然然就轻轻地"呀"了一声。她是不由自主地叫出来的。她的目光一下子就落在了墙上挂着的一把竹笛上。

那是老校长的竹笛。老校长退休前曾吹过它。现在，竹笛已经在墙上挂好久了，学校的老师、学生几乎忘了它。

虎子看出了然然的心思，大大咧咧地说："那是老校长吹过的破笛子。老校长吹笛子实在是太难听了，像毛驴放屁。"

然然又笑了起来，肩还是一抖一抖的。

徐老师瞪了虎子一眼。

虎子觉得自己的话不妥，吐了下舌头，闭了嘴。

三

城里来的老师在然然的肩上拍了拍，说："试试吧，吹几支曲子给大家听听。"

徐老师连忙取下竹笛，递给然然。

然然有些犹豫，看着老师。老师没有再说什么，只是冲她点点头，给她鼓劲。

然然就端详了一会儿，把笛子横在自己的面前，小巧的嘴巴轻轻放在竹笛上，试着吹了几个音。

土豆突然意识到，然然吹笛子一定特别棒。她只吹了几个音，就与老校长吹得那么不同。

城里的老师给大家介绍："然然同学是校文艺队的队员，擅长吹笛子。她曾获得过全市中小学生笛子大赛一等奖，水平可是不低的哦。"

在老师的鼓励下，然然站在中间，开始吹笛子。

土豆听出，然然吹的，是大家都很熟悉的《让我们荡起双桨》。

然然吹得很投入，身子随着音乐慢慢地摇着，那么舒展，那么和谐，美妙的笛声，好像拥有了魔力，张着双翅，带着大家一起飞翔。

一曲终了，大家情不自禁地为然然鼓掌。

接着，然然又吹了一曲《扬鞭催马送粮忙》。那欢快的节奏，跳动的音符，一下子把一幅秋收景色推到了土豆面前。他的心紧起来，接着就开始放松，身体仿佛飘了起来，飘到了秋天的原野上。他看到一辆马车正在田地间行走，马的脖子一扬一扬的，扬出一串串快活的铜铃声。两个人正往马车上装玉米，玉米黄澄澄的，像金子。那两个人，竟然就是爹和娘，他们一边干活一边发出笑声。车装满了，爹扬起鞭，甩出个脆脆的响，拉车的马儿就喷几下鼻子，欢快地走起来，四只蹄子走得很有节奏，像是在跳舞……

然然的笛声一下子撞开了土豆的思维，那是他再熟悉不过的场景，被然然的笛声描述得那么自然，那么亲切。

土豆忍不住用力拍起手来，直把手拍得麻疼麻疼的。

参观完学校，他们来到了校外不远处的女儿河河滩上，看女儿河。

土豆和虎子依旧走在然然的身边，给然然介绍女儿河。

站在女儿河河滩上，然然的目光兴奋地扫来扫去，似乎忙不过来了。她咂几下嘴，称赞道："真好呀！"

虎子说："我们这儿不错吧？"

"真不错呀。"然然喜滋滋地说。

她在女儿河滩上走来走去，情不自禁地脱口说道："斜日半山，暝烟两岸，数声横笛，一叶扁舟。"

虎子傻乎乎地问："你说的是啥？听不懂。"

土豆也不懂，但他依稀感到，然然背诵的，大概是古诗。

果然，然然微笑着说："这是北宋文学家秦观秦少游的词《风流子》中的句子。多美呀！"

土豆明白了，说："里面写到了笛子。"

然然笑了，说："是呀。我喜欢笛子，因为它的音调质朴、随和、率真，像一个调皮的少年。嘻嘻。"

虎子看了土豆一眼，目光中竟含着羡慕。

四

城里的老师、学生走了。然然也走了。

目送那辆雪白的面包车渐渐远去，土豆站着，不肯回到校园里去。

他发现虎子也没有离开，也像他一样，站着，把目光放得长长的，望。

面包车拐过女儿河岸边的弯，隐进了树林的后面。土豆就往校园里走。当他在虎子面前走过时，他的心又不由得紧张起来。

他们之间的矛盾还没有完呢。

虎子不是说等城里人走的么？虎子说话从来都是算数的。现在城里人走了，虎子一定会继续同自己理论和纠缠的。

土豆想着，在虎子面前走过去，走得小心翼翼。

奇怪的是，虎子并没有再找土豆纠缠，甚至一句话都没有说，只是跟在他的后面，往校园里走。

土豆回到教室，坐在座位上，却不见虎子同他一起回教室。

土豆就伸长脖子，往窗外望。

一望，他就望到了虎子。虎子正神神秘秘地把自己的身子隐藏在操场边的白杨树后面，向办公室的方向望，望得很认真，神态有点痴痴的。

土豆不知道虎子望什么，便不再看他，安心地写作业。

下课后，土豆来到操场上玩。他想起虎子的神秘，就来到白杨树的后面，也学着虎子的样子，往办公室里望。

他看到了笛子。

那把老校长的笛子，城里女孩然然曾吹过的笛子，就挂在校长办公室的墙上，平静地挂着。

望见了笛子，土豆就感到自己的耳边又响起了笛音，然然吹出来的优美旋律，像调皮的田鼠，一跳一跳的，在他的耳边回响。

土豆依稀感到，那把老校长留下来的笛子，不是普通的笛子，而是一把让人怦然心动的笛子。

因为那么漂亮的城里女孩然然吹过它，因为像演员一样美好的城里女孩然然吹过它。

回到教室，土豆从书包里拿本子的时候，突然看到自己的文具盒边，放着一支水性笔！

他差一点儿叫出声！

那就是他丢失的水性笔。现在它莫名其妙地回来了。

土豆拿着水性笔，扭头就看虎子。他并没有多想，就去看虎子。

虎子慌忙躲开土豆的目光，手上拿着本子好像在忙什么。可土豆看出来了，其实虎子什么也没有做，只是把手里的本子翻来翻去。

土豆明白了。

放学了，土豆在操场上走过。经过白杨树的时候，他忍不住又向校长办公室里望去，望那把平静地挂在墙上的笛子。

一望，笛声就清清脆脆地又在他的耳边响起，他仿佛看到然然正投入地吹着笛子，让美妙的曲子把她包围，把大家包围。

土豆突然就想到，那把老校长留下来的笛子真的不是普通的笛子，而是一把魔笛。魔笛发出的声音是可以长久地驻在人的心里的，只要一看见它，或者一想起它，耳边就会响起美丽的城里女孩然然吹奏魔笛时发出的美妙声音，悠然地跳动着、飘着，一直飘进心里。

土豆的心就狠狠地颤了一下。

继续走路时，土豆看见了虎子。

虎子就走在他的前面，闷闷地在操场上走过，他的脚下，正扬起丝丝尘土。

生命如歌

一

春天来了。

天变暖了，冰雪化尽了，小草长出了嫩芽芽。

我们的故事也开始了。

很久了，小草一动不动地站在村口，把目光放得长长的，她在望。她望村前曲曲弯弯伸向远方的女儿河，望河边那条曲曲弯弯的路，望路面上泛起的刺眼的白色。

小草10岁了，是个文静的女孩儿。

村边那座矮墙围起来的院落，就是村学校。那里很平静。可是用不上多久，院落里就会热闹起来，因为开学的时间快到了。

可是，小草还能不能继续在那所学校里上学呢？小草心里一点儿也没有底。爸爸有病了，做完手术身体虚得什么也干不了，整天坐在炕上发呆。妈妈本来身体就不好，干不了什么重活儿。家里的外债把他们压得整天整天不说话。小草已经不大可能继续上学了。

小草心里好难受。她不想辍学，她想去上课。她特别爱听小孙老师领他们朗读课文时那抑扬顿挫的声音。她也非常喜欢上音乐课，跟小孙老师一起大声地唱那首刚学完的新歌：

春天来了

小草长出来了

带着希望

带着欢乐

在阳光下成长

唱一曲生命之歌

我再也不能跟小孙老师一起唱歌了吗？我再也听不到小孙老师读课文时好听的声音了吗？

小草想着，眼泪已经悄无声息地流了下来。

村主任于六叔到乡里去了，他能带回来好消息吗？

小草擦了擦泪水，继续望。她心里盼着的事情使她站得直直的，久久不肯离去。

春天的风不大，一股一股地飘过来，带着泥土的酸味儿，带着女儿河水的腥味儿，带着小草的清香味儿，飘过来。

恍惚中小草看到路面上出现了一个人影。她不由得张大嘴巴，眼睛死死地盯着那个人，身子一点点地发紧。

那个人看上去很匆忙，走路快快的，似乎是有什么好消息要急于告诉别人。

"于六叔！"小草失声叫了一下，向前走了几步。

真的是于六叔！而且，于六叔似乎在冲着她笑！

小草看清了，于六叔真的在冲着她笑！小草忍不住大声地叫："于六叔！"泪水转眼间就涌了出来，她顾不上去擦，身子像鸟儿一样跳起来，飞快地向于六叔飘去……

夏天来了
小草长大了
奉献青春
奉献绿色
装点祖国大花园
唱一曲生命之歌

小草随着小孙老师的手势，大声地唱着。

"姜雪姐姐，你听到了吗？这首歌，我是专门为你唱的呀！"

这是小草发自内心的感谢。

因为如果没有姜雪姐姐参加手拉手活动，资助了她，她就不会再坐在课堂里学知识了，也不会随着小孙老师的手势一起唱歌了。

"姜雪姐姐，谢谢你。你是天底下最好最好的好姐姐。"放学了，小草走出学校，一边走一边想，微笑已经不知不觉地浮上了她的脸。

小草给姜雪姐姐写信了。

"姜雪姐姐，让我猜一猜你的模样好吗？你已经读到五年级了，所以一定比我高一些。你长着一双大眼睛，乌黑乌黑的，像葡萄粒儿。你的嘴肯定特美，一副笑眯眯的样子，像弯月亮。鼻子要翘一点儿，那样才俏皮。头发是两条小辫子，不！是短发。我在电视中看到你们城市里的女孩儿都爱剪成短发，那样显得精神，而且有风度！姜雪姐姐，我猜得对吗？"

姜雪姐姐很快就回信了。当小孙老师把那个白白的信封交给小草时，小草乐得使劲儿顿了一下脚。

姜雪姐姐在信中夸小草很有想象力，猜得非常准。

小草就在信纸上拍了一下，当众向全班同学宣布："我姜雪姐姐是全世界最漂亮最漂亮的漂亮女孩儿！"

姜雪姐姐在信中还说："我最近患病了，现在正在市人民医院住院。等过几天我的病好了，就可以去上学啦。到时候把你的助学费用寄过去。你可注意查收哦！"

小草一下子就蔫了，接着就是火烧火燎地着急。姜雪姐姐有病住院了，她能不着急吗？

小草飞似的跑回家，对妈妈说："我想去城里，看姜雪姐姐。"

妈妈看了姜雪姐姐的信，也很着急。可是她哪里有钱让小草做路费呢？

晚上，小草做完作业，从作业本上撕下一张白纸，精心地画了一幅画。她画了女儿河，画了河边的草地，草地上有花儿正开。头顶上，是又大又亮的大太阳。她还把小孙老师教给他们的《生命之歌》的歌词抄在了画的旁边。她把画连同写给姜雪姐姐的信一起塞进了信封。

她盼望着姜雪姐姐的病能早一点治好。

小小的信封载着小草的心，被于六叔带走了，带到乡邮电局去了。

信封你快点飞吧，快点飞到姜雪姐姐的手上吧。

三

秋天的脚步真轻，小草还没有注意到呢，秋天就来到眼前了。

是天空的大雁把秋天驮来的吧？

是女儿河的河水把秋天引来的吧？

是吹来吹去的风把秋天带来的吧？

是我们的歌声把秋天唤来的吧？

小草想，城里的姜雪姐姐也一定感受到了秋天的气息吧？说不定，姜雪姐姐会专门为秋天写一篇作文，或者做一首诗呢。

有一段时间没有接到姜雪姐姐的来信了，小草有点儿着急了，她不知道姜雪姐姐的病好了没有。

不过小草相信姜雪姐姐现在一定全好啦。现在姜雪姐姐已经升到六年级了，功课一定比原来多了，学习任务重，姜雪姐姐得加油呀！

"加油呀，姜雪姐姐！"小草在心里说。

这是小孙老师常说的一句话。小草他们在小孙老师的带领下正在排练大合唱，准备参加全乡各小学的合唱比赛。"加油呀同学们！"小孙老师常常挥一挥拳头，鼓励大家。

　　秋天是收获的季节，小草自信地想："在合唱比赛中，我们一定能成功的！姜雪姐姐，你也一定有所收获吧？是演讲比赛获得第一名吗？是考试考了第一名吗？姜雪姐姐，相信自己，你是最棒的！"

　　合唱比赛的日子来到了。小草和同学们跟着小孙老师来到了乡中心小学。

　　小草站在队伍中，目不转睛地看着小孙老师，看着小孙老师那双有节奏地舞来舞去的手。

　　她和同学们一起大声地歌唱：

秋天来了

小草成熟了

收获美丽

塑造品格

平凡铸就伟大

唱一曲生命之歌

　　小草他们的演唱获得了成功！评委们毫不犹豫地把第一名的奖状给了他们！

　　好几天，同学们的兴奋劲儿也过不去。没事时他们就唱啊、跳啊、笑啊，为他们的成功而高兴，为他们的收获而骄傲。

　　可渐渐的，小草不唱不跳也不笑了。因为她只收到了姜雪姐姐从城里寄来的助学费，却一直收不到她的信。

　　小草曾一次次问穿绿色衣服的邮递员叔叔："有我的信吗？"

　　邮递员叔叔一次次地用摇头来回答她。

　　"姜雪姐姐为什么这么长时间不给我写信呢？"她问妈妈。

　　妈妈说："也许是姜雪姐姐学习紧张吧。"

　　"姜雪姐姐为什么这么久不给我写信呢？"她问小孙老师。

　　小孙老师说："可能是这一段时间姐姐的课外活动比较多吧。"

　　小草找到于六叔："您再去乡里时帮我打听打听姜雪姐姐的消息好吗？"

　　于六叔痛快地答应："行。"

四

飞雪是最棒的魔术师，一夜之间就把村里村外的一切都变成了白色。

小草背着书包去上学。

走路的时候她是唱着歌的。因为于六叔说，他已经跟乡里的干部说了，这几天就该有姜雪姐姐的消息了。

最近小草的学习进步特别大，小孙老师说，目前小草的成绩，拿到全乡去比，也是排在前面的。将来，小草完全可能考到城里去读中学，直至考上大学。

小草太高兴啦。她准备再给姜雪姐姐写一封信，把这个好消息告诉她。她要让姜雪姐姐放心，她资助的小草是一个懂事的女孩儿，是一个优秀的女孩儿。

小草正坐在教室里上课，窗外一个人匆匆走来。是于六叔。

小草走出教室，见于六叔手里拿着一个信封，她惊喜地叫："姜雪姐姐来信啦？"

可于六叔一点高兴的意思也没有，还轻轻地叹了一口气。

小草愣住了。她看到信封上的字迹不是姜雪姐姐写的，那分明是大人写的字。

"怎么啦？啊？"她害怕了，问于六叔。

于六叔摇摇头，没有说话。

小草忙撕开信封，看里面的信。可小草还没有看完，就"哇"的一声哭了出来。

姜雪姐姐……她……

信是姜雪姐姐的妈妈写来的。姜雪姐姐患的是白血病。她已经去世了，就在几天前……

冬天的原野一片肃杀，太阳升起又落下，积雪仍然没有融化。

小草背着书包，慢慢地走。她去上学.

太阳升起来了，红红的，亮亮的。

小草站下来，看着太阳升起的地方。

那里就是城市，是姜雪姐姐居住的地方。

"姜雪姐姐，我再给你唱个歌吧。这是我们都喜欢唱的歌。"

小草喃喃地唱了起来：

冬天来了

小草干枯了

根扎大地

没有退缩

期待春雨飘过

唱一曲生命之歌

泪水在小草的眼睛里一下一下地旋转。

她轻声问："姜雪姐姐，你听到我的歌声了吗？"

问完了，小草的泪水就止不住了，从眼窝里涌出来，涌到她的脸上。

她没有去擦，依旧望着东方："姜雪姐姐，我觉得我的书包一下子变得沉重了，因为，我是带着我们两个人去上学的。"

小草继续向前走。

她的眼睛一直望着远方。

她好像看到了春天正从远远的地方匆匆赶来。

她仿佛听到了春天的脚步声正从远远的地方传过来，越传越近……

美丽的彩云湖

一

田蜜蜜逃学了。

田蜜蜜知道此时自己已是心灰意冷，否则，她不会选择逃学的。

同学们都说她的名字起得好，每天甜甜蜜蜜的，多让人羡慕呀！可现在，哪里还有什么甜甜蜜蜜？

田蜜蜜觉得自己没办法不逃学，她真的不想迈进学校的大门。她的父母离婚了，她跟着父亲。可父亲每天都要喝酒，脸上胡子拉碴的也不收拾一下，看上去像个落魄的糟老头儿，正如他糟糕的心情。父亲根本没有心情去过问一下她的情况。而她的情况比父亲也好不到哪里，她的学习很差，差得连续3次考试，她都是全班倒数第一，掩护部队的头头儿被她当得稳稳的。田蜜蜜觉得自己真是没脸见班主任许老师和同学们。她的心里也非常怕，怕许老师批评她，怕同学们嘲笑她。尤其是林木子，这个从外地转来的借读生，她根本就不敢和林木子的目光相遇！

早上上学的时候，田蜜蜜看了一眼手里还拎着酒瓶子的父亲，一句话没说，背上书包就走出了家门。

但是她没有去上学，而是沿着大街走到了城边，又沿着出城的公路向前走，在一个三岔路口向右，拐过一棵高大而茂盛的老槐树，跨过一座白白的小石桥，来到一个有水的地方。水是湖水，四周长满了高高低低的草，还有几棵零乱的树木很随意地站着，看上去破败而荒芜。

田蜜蜜是随意走来的，她不知道自己要去哪儿，只是随意走。她站了一阵，觉得这里并不那么陌生，自己应该来这里坐坐，因为这里的景致的确破败而荒芜，与她此时的心情，是那么的吻合。

她放开目光望湖水，湖面似乎不大，但她的目光向远处延伸，却一直没有伸出湖面，她知道这个湖并不小。有湖、有草，却没有水鸟，也没有野花，眼前的一切是那么宁静。也许破败和荒芜的地方缺乏生气，没有人愿意到这里来，所以都是宁静的吧！

可是，田蜜蜜很快感到，这里并不宁静。

她站在草地里，站在湖水边，正打算找一块石头坐下来，坐着静静地想自己的心事，却突然听到有"沙沙"的声音传过来。那是鞋子在草地上走动时发出的声音！

田蜜蜜吓一跳，连忙四处张望。

一望，她就望见了两个人，正一晃一晃地向她走来。

田蜜蜜的心越来越紧，因为她看得清清楚楚，那一胖一瘦两个人分明不怀好意！瘦男人脸窄窄的，白得像张打印纸，能让人想起鬼。而胖男人的圆脸上布满了络腮胡子，看上去肮脏而凶险。他们脸上的表情惊人地相似：狞笑。他们狞笑着一步步向田蜜蜜逼近。胖男人还一边狞笑一边对瘦男人说："我说，今天我们发财啦。哈哈，一个戴眼镜的小女生，可以卖个好价钱……"

田蜜蜜大惊失色。她知道自己遇到坏人了，这两个面目狞狞的男人，肯定就是电视上演的人贩子！

可田蜜蜜没有退路，她的身后是不知道有多深的湖水。看着越逼越近的人贩子。田蜜蜜彻底绝望了，她惊惧地叫了一声，身体不由自主地软下来，一屁股跌坐在草丛中，尖声叫了起来。

"林木子，快来救我呀！"情急之中的田蜜蜜喊出了自己的心里话。

田蜜蜜喜欢林木子，在这个危急的时刻，她是多么希望林木子能出现呀！

瘦男人用长长的舌头舔了舔嘴唇，一脸坏笑地说："嘻嘻，你还知道喊人？告诉你没用的，这里是城郊，就是林木子他爹也来不了这儿啦……"

田蜜蜜的心冷得像装进了100支冰淇淋，她的身子软软的，控制不住地摊倒在地上。

"啊——"田蜜蜜用尽最后的一点力气，长长地叫，同时闭起眼睛，双手不停地打来打去，试图阻止已经快走到跟前的两个人贩子。

她把身边的草打得"哗哗"直响。

可是……人贩子并没有走过来，那"哗哗"的声响越来越大，越来越急。

田蜜蜜停下打来打去的双手，睁开眼睛——

她看到一个人，正挥舞着长长的树枝，向两个人贩子挥去。那长长的树枝像一把锋利的剑，直打得人贩子连连后退，最后落荒而逃，胖男人还摔了一跤，他们逃得屁滚尿流。

那个手舞树枝的人，正是林木子！

田蜜蜜简直惊呆了。她忘记了站起身，依旧坐在草丛中，盯着林木子，好一阵，才发出一声尖叫："林木子！"

二

　　"死党"黄小玲在下楼去做课间操走出教学楼时，搂住田蜜蜜的脖子，嘴巴凑到她的耳边，神秘而又带着几分兴奋告诉她："和你说实话哦，我特别特别喜欢林木子。林木子真是特别特别好，特别特别完美，简直完美得没治啦。特别是……"

　　黄小玲一口气用了六七个"特别"，表明她喜欢林木子的程度。黄小玲是个心直口快的女生，她说的是真话。田蜜蜜依稀觉得，班级里的女生大概没有谁不喜欢林木子。然而此时，她不想让黄小玲再说下去了，否则，她有本事敢把全世界所有的"特别"都用光！

　　田蜜蜜扭了一下头，躲开黄小玲热乎乎的嘴巴，走进了操场。

　　田蜜蜜也特别喜欢林木子。

　　林木子是借读生，他的家在外地，距离这座城市有1000多里路。同学们都喜欢他，是因为他确实是个很优秀的学生。他学习好，却不自私，肯于帮助别人；他爱运动，是篮球场上的明星；他阳光，总是洋溢着青春的气息。总之，林木子给同学们的印象是近乎完美的，完美得像一个漂亮的童话般的湖……

　　此时林木子就站在田蜜蜜的面前，微笑着向她伸出手。在女生面前，林木子总是很大度。

　　田蜜蜜不再惊惧，林木子的突然出现让她倍感幸福。她知道现在自己不应该再拿出小女生的娇态了，她伸出手，与林木子的手握在一起。在林木子用力的同时，她站了起来。

　　站了起来，田蜜蜜就闪开了自己的目光。她一直不敢看林木子，从考试成绩公布出来的那一天起。一个是全班第一名，一个是全班倒数第一名，这一前一后的差距要多大有多大，任你去想象。现在，两个"第一名"站在一起，田蜜蜜的眼睛不知看着哪儿好。

　　林木子说话了。林木子说："看到这儿的景致，我想到了远在千里之外的我的家乡。那是个有天鹅的地方，叫做彩云湖……"

说话的时候，林木子望着远方，还伸手指了一下。

　　一股暖意迅速袭上田蜜蜜的心头。林木子真是善解人意，这个时候他不问田蜜蜜为什么逃课，为什么来这里，就是说，他不去触碰田蜜蜜心底最胆怯的那一点，而是说一些美好的东西，说他的家乡，那个有天鹅起起落落，叫做彩云湖的地方……

　　田蜜蜜小心翼翼地看了林木子一眼。

　　林木子依旧望着远方，眼神凝视，深远得仿佛看见了自己的家乡。

　　田蜜蜜小声问："你的家乡，叫彩云湖？那是个很美的地方吧？"

　　田蜜蜜会唱一首歌，名字就叫《美丽的彩云湖》。

　　名字这么美，那地方一定也很美。

　　"是呀，"林木子说，"那里的确很美，我的家就在彩云湖边。湖水清澈、平静，像一块平展展的大黑板。当轻风拂过，水面荡起粼粼波光，偶尔跃起的鱼跳来跳去。湖边生长着许许多多的树，有高有低，绿绿的。宽宽的草坪上摇曳着千姿百态的野花，鸟儿飞，蜂儿忙，溅起阵阵花香。最美的是天鹅，像一块块洁白的宝石，在湖面上悠然游弋。天上，有朵朵彩云飘过，与湖中的天鹅、湖边的野花遥相呼应，相映成趣……"

　　田蜜蜜忍不住叫道："那简直就是个童话世界呀！"

　　林木子继续说："我上学的学校，离彩云湖不远，也是个美丽的地方。校园里阳光明净清朗，照得一切都亮亮堂堂的，芙蓉树在风的吹拂下轻声说着开心的话，引得鸟儿飞来飞去，也跟着叽叽喳喳。走在操场上，忍不住想唱歌。"

　　"真好呀！"田蜜蜜被林木子的描述所感染，情不自禁地拍了下手。

　　"我们走吧。"林木子看了田蜜蜜一眼，沿着草丛向前走，为田蜜蜜开出一条路。

　　往城里走的时候，他们没有再说话。田蜜蜜的心里，又变得沉沉的。

　　走到三岔路口的老槐树下，林木子站住了，说："明天，去上学吧。许老师和同学们都很想你。"

　　田蜜蜜无语。她嘴唇动了动，却什么也没有说出来。

　　林木子似乎很理解她，但他还是说："去上学，你会感觉不一样的。"

　　田蜜蜜看着林木子离去时的背影，心里说："会有什么不一样呢？"

三

田蜜蜜没有去学校上学，而是再次来到了城郊。

她不知道去上学会有什么不一样，她更想到城郊来。

田蜜蜜沿着大街走到了城边，又沿着出城的公路向前走，在一个三岔路口向右，拐过一棵高大而茂盛的老槐树，跨过一座白白的小石桥，来到了湖边。走路的时候，她是哼着曲子的，她的心情很愉快。

田蜜蜜知道自己心情愉快的原因，这一切，都是林木子带给他的。

她哼唱的歌，就是那首《美丽的彩云湖》。

林木子在她最危急的时候出现了，打跑了面目狰狞的人贩子，救了她的命。林木子还那么善解人意，和她说了那么多的话，给她讲了他的家乡，一个有湖水、有天鹅的地方，一个童话般美丽的叫做彩云湖的地方。

"在那样的地方生活，该有多么美好、多么幸福呀！"田蜜蜜美滋滋地想。

站在湖边，田蜜蜜一点儿也没有害怕。她知道人贩子不会来了，这里是个由她一个人主宰的舞台，她可以尽情地歌唱，表达她此时的好心情。

她已经许久不曾有过这么好的心情了。

于是，看着湖水，田蜜蜜开始唱歌了。

这个时候不唱歌，岂不是白白浪费自己的好心情？

她开始大声地唱，唱那首《美丽的彩云湖》。

田蜜蜜的歌声在湖面上散开，很流畅，也很悠扬，飘呀飘，飘得远远的。

也飘来了一阵掌声。

田蜜蜜回头，是笑眯眯走来的林木子。

看见林木子，田蜜蜜竟有点扭怩起来，她有些心里没底，问："我唱得好吗？"

"好呀！"林木子依旧笑眯眯，走到她的面前，"你唱得不错呀。"

林木子的夸奖，似乎给田蜜蜜鼓了劲。她笑了一下。"谢谢你的夸奖。"

"我以前只听许老师和同学们说过，说你唱歌不错，可我还是第一次听到你唱歌。确实唱得不错。"林木子的双手一张一合，说得很真诚。

田蜜蜜有点难为情，不好意思地说："可是……我的学习那么差，你……不嘲笑我？"

林木子有些意外地说："我为什么要嘲笑你呀？你会一点点赶上来的，我确信。"

"真的？"田蜜蜜的眼睛里放出了光。

"真的。"林木子点点头。"再说，你还有那么多的优点呢。"

田蜜蜜看着林木子，现在，她没有了胆怯："我……还有优点？我还以为……"

林木子接过话："以为自己一无是处，是不是？"

田蜜蜜点点头。

"错！"林木子肯定地说。"你知道自己考得不好，怕老师批评，怕同学们嘲笑，这说明你很有上进心，对不对？有了这一点，你就有希望。赶上来，是迟早的事。"林木子变换了一下站姿，"另外，你的歌唱得那么好。"

田蜜蜜的心一下子清朗起来，就像眼前的湖水，被阳光一照，清澈而明亮。

"只是，有几句，还没有完全唱准，不能完全地表达思想感情。"林木子比划着，"我帮你纠正一下。"

田蜜蜜就大大方方地唱起来。"彩云湖，我向往的地方……"

林木子把两处田蜜蜜没有唱准的地方一一指出来，让她反复练习几次。

田蜜蜜觉得，经林木子一指导，她唱得更准确、更好了。

第二天，田蜜蜜又来到湖边。林木子也来了。田蜜蜜对着湖水，一遍遍唱那首《美丽的彩云湖》，林木子帮助她改正不准的地方，还一次次鼓励她。

第三天，田蜜蜜又来湖边练习。可林木子没来。她一个人练了一天。

田蜜蜜发现，她越来越喜欢这首歌了。

四

田蜜蜜去上学了。

走进校园的时候，田蜜蜜记起，自己已经一周没有来上课了。

许老师很高兴，她一下子把田蜜蜜搂在怀里，只说了一句："你终于来了。"

"死党"黄小玲叽叽喳喳地把田蜜蜜的肩向左搬一下，又向右推一下，用一种近乎变态的方式表达着自己的心情。"这几天我是怎么熬过来的呀！找你也找不到，你都想死我了你知道吗……"

田蜜蜜在找一个人，她的目光游移得非常快，在教室里扫来扫去。

可是，她没有找到那熟悉的身影。

黄小玲是个绝顶精明的家伙，她再次搂住田蜜蜜的脖子，将嘴巴凑到她的耳边，神秘而又带着几分失落地告诉她："我知道你在找谁。你大概还不知道吧，林木子，已经结束了在咱们学校的借读，一周前就转学走了，回他远在千里之外的家乡了。"

"彩云湖？"田蜜蜜脱口说，"林木子回了家乡彩云湖？"

"是呀，就在一周前。"黄小玲惊愕地看着田蜜蜜，"你怎么知道他的家乡在彩云湖？"

田蜜蜜已经顾不上黄小玲的问题了，她机械地重复着："一周前，一周前……"

许老师宣布："明天，我们就去彩云湖！"

同学们都吃了一惊，继而大家不约而同地欢呼起来。

"怎么回事呀？"田蜜蜜问。

许老师说："明天，我们班要举行一次郊游活动，全体同学都参加，去彩云湖玩。我们还要在湖边进行联欢，演文艺节目。你们要踊跃报名哦。"

"田蜜蜜，你的歌唱得不错，可不能不报名呀。"许老师首先点了田蜜蜜的名。

"报名。我报名！"田蜜蜜忙不迭地向许老师举起了手。

报了名，田蜜蜜的心里很愉快。她追着黄小玲，一直追到操场上，急不可待地告诉她："知道我明天要唱什么歌吗？告诉你，我要唱的是一首特别特别好听的歌儿，那旋律特别特别优美，歌词特别特别有意境，就像一个特别特别奇特的童话世界……"

田蜜蜜一口气说出了六七个"特别"。说完，她就"扑哧"一声笑了，笑自己和心直口快的黄小玲一样，说话时叽叽喳喳的。

两个女孩子手拉着手，走着，说着话。田蜜蜜看到，校园里阳光明净清朗，照得一切都亮亮堂堂的，芙蓉树在风的吹拂下轻声说着开心的话，引得鸟儿飞来飞去，也跟着叽叽喳喳。走在操场上，忍不住想唱歌……

田蜜蜜知道了，这里和林木子讲的他家乡的校园是一样的，只是，以前她没有感觉到罢了。

她不由得歪着头冲黄小玲使劲笑了笑，笑得黄小玲脸上满是莫名其妙的表情。

五

田蜜蜜和同学们一起出发了，向郊外走。他们排着整齐的队伍，走得步履清爽。

他们沿着大街走到了城边，又沿着出城的公路向前走，在一个三岔路口向右，拐过一棵高大而茂盛的老槐树，跨过一座白白的小石桥，来到一个有水的地方。

这里田蜜蜜再熟悉不过，一连几天，她都和林木子在这里交谈、练歌。

站在湖边，就是田蜜蜜常站着的地方，她很是不解地问许老师："这里，就是彩云湖？这个湖就叫彩云湖？"

"是呀。"许老师望着湖水，说，"多好的湖啊。"

"原来这里就是彩云湖！"田蜜蜜愣住了。

那么林木子的家乡呢？他的家乡不是也叫彩云湖吗？那是一个无比优美的地方呀！田蜜蜜在心里问自己。

一切仿佛是在恍惚之中。一周前林木子就转学走了，回了他的家乡。可那几天，救了她，又指导她唱歌的林木子，又是怎么回事呢？

田蜜蜜真的愣住了。

同学们都很兴奋，看着眼前的湖光山色，指指点点。

田蜜蜜也向前望去。一望，她就在心里发出一声惊叫："我的天，这是怎么回事呀？"

田蜜蜜看到眼前的彩云湖完全不一样了。湖水清澈、平静，像一块平展展的大黑板。当轻风拂过，水面荡起粼粼波光，偶尔跃起的鱼跳来跳去。湖边生长着许许多多的树，有高有低，绿绿的。宽宽的草坪上摇曳着千姿百态的野花，鸟儿飞，蜂儿忙，溅起阵阵花香。最美的是天鹅，像一块块洁白的宝石，在湖面上悠然游弋。天上，有朵朵彩云飘过，与湖中的天鹅、湖边的野花遥相呼应，相映成趣……

眼前的彩云湖，与林木子说的他家乡的彩云湖，居然一模一样！

田蜜蜜又想起林木子说过的话：去上学，你会感觉不一样的。

好像，一切真的不一样了。

田蜜蜜明白了。

文艺演出开始了，田蜜蜜第一个走出队伍，站在同学们面前，站在美丽的彩云湖边，为同学们演唱那首《美丽的彩云湖》。

田蜜蜜倾注了自己全部的情感，开始演唱。她觉得，那美丽的彩云湖，已经明澈在自己的心里了。

"彩云湖，我向往的地方……"

田蜜蜜唱得那么投入，那么深情，眼睛里不知不觉漾起了点点泪光，闪动着，晶莹着……

第四辑

雪地上的眼睛

CHENGZHANGDEGANJUE

ZHENHAO

大寒

一

天干冷干冷，北风比小刀还锋利，割得脸皮痛。

宝根便缩了缩脖子，把羽绒服的领子立起来，在村街上走过，向街西边走。街面上的雪已经被冻硬了，踩上去发出"咯吱咯吱"的声响，很清脆。

宝根听着那雪声，走得起劲。

街面上空荡荡的，看不见村里人。宝根吸吸鼻子，美滋滋地抿抿嘴。

他知道，他想听的，不是这坚硬单调的雪声，而是葫芦丝发出的婉转优美的声音。那是不一样的声音，那是让宝根浑身舒坦的声音，听到那可以直接钻到心底的声音，宝根觉得自己的身体都要融化了。宝根从看到小美的葫芦丝那天起，就喜欢上了葫芦丝。

"语文老师说过'天籁'这个词，那葫芦丝的声音，该是天籁之音吧？"宝根边走边想。

村子里没有什么乐器，七爷有过一把二胡，死前经常坐在院门前的凉石上拉。后来七爷死了，二胡也烧了，村里就再没有乐器声了。

现在不同了，小美买了葫芦丝，让宝根的心悬了起来。

小美是宝根的同班同学，喜欢文艺，爱唱爱跳的。葫芦丝自然就是她最喜爱的物件了。小美常把葫芦丝带到学校去，下课了就吹一会儿，吹得同学们都不出去玩，而是围在她的身边，听。

宝根也听，但是他从不挤到小美身边，而是站在圈外。他觉得，听那悠扬的曲子，要离开一点距离才好听。同学们都说他在胡说八道，只有小美抿着嘴，向他投来赞许的目光。

小美的目光给了宝根巨大的鼓舞，他产生了一个念头："我要是有一把葫芦丝，该多好啊。"

可是，爸爸妈妈包括姥姥姥爷对他的这个念头并不在意。

小美的葫芦丝吹得还不是特别好，她正在镇文化站开办的葫芦丝班上学习，每周去一次。

小美很是自信地说："我一定能把葫芦丝学好，六一儿童节联欢的时候，好登台表演给你们看。"

宝根走得更加起劲了，脚下的雪发出的"咯吱"声急密而匆忙。

来到一面白墙跟前，宝根站住了。墙里面，就是小美的家。

这里暖洋洋的，阳光很足，在宝根的脚下、肩上跳跃，跳得他把羽绒服的帽子摘了下来。

摘下了帽子，能听得更清楚。宝根笑了笑，仰着脸，听。

小美的家里，正传出优美的葫芦丝的声音。小美正在练习文化站老师留的作业，一首舒缓的曲子。

宝根感到，小美练得很认真，进步也很快。以前来墙外听，宝根觉得小美吹得还不是很熟练，现在呢，流畅多了。

宝根就闭起眼睛，依旧仰着脸，听。他觉得自己的心在乐曲的抚摸下变得越来越柔软，身体也渐渐变轻，轻得深吸一口气就能飘起来。

宝根一天比一天深切地体会到，葫芦丝的魔力真的太强大了，强大得让他的心每时每刻都放不下。

有人走过来，那"咯吱"声惊扰了宝根。

"在这里傻站着干嘛？你小舅舅回来了。"来人嘟囔了一句，走开了。

宝根没有看清和他说话的人是谁，愣了一下，转身向家里快速走去。脚下的"咯吱"声变得短促、尖锐。

二

喜滋滋的宝根果然看到了忙碌的小舅舅。小舅舅喜悦的表情让他看上去更加亲切，见到宝根，连忙招呼他。

"宝根，快来。"小舅舅从包里小心地拿出一个精致的长盒子，递给他。"看看小舅舅给你买啥了。嘿嘿，还是小舅舅了解你的心思吧？"

小舅舅说话很快，透着掩饰不住的兴奋。

宝根更兴奋，打开长盒子，他就情不自禁地叫了起来。

"哎呀，葫芦丝！"宝根的叫声很冲动，把自己的惊喜一点不留地叫了出来。

快过年了，小舅舅从城里打工回家来，不止是买了一把葫芦丝，还有康佳电视机、高档礼品酒、羊绒衫等，当然还有给未来的小舅妈春兰阿姨买的金项链。小舅舅让一家人都喜滋滋的，一起夸小舅舅孝顺、懂事。

宝根对那些东西没有兴趣，他拿着崭新的葫芦丝，摸着，翻过来又翻过去地看，嘴唇动了好几下，也没舍得吹。

爸爸妈妈、姥姥姥爷，还有春兰阿姨都在和小舅舅说这说那，不时发出欢笑声。宝根没有听到他们在说什么，拿着心爱的葫芦丝，溜了出去。

出了院门，宝根就跑起来，一边跑一边发出开心的笑声。北风很硬，灌进了他的嘴里，让他忍不住剧烈地咳嗽起来。咳嗽也没有让宝根停下来，他死死地把葫芦丝抱在怀里，跑得很迅速，也很慌乱。他甚至没有听到他的鞋在雪面上快速踏过时发出了什么样的声音。

宝根几乎是撞开小美家的大门的，那"砰"的一生脆响把正干活的小美妈妈吓了一跳。

小美妈妈和宝根说话，可他没听清，闯进屋里，把长盒子放在了小美面前。宝根不停地喘气，喘得说不出话，可他的脸上，却一直漾着笑。

小美放下手里的葫芦丝，有点莫名其妙地看了宝根一眼。

宝根还是没说话，深深地吐出一口气，用下巴指了指长盒子，示意小美打开。

小美打开长盒子就发出一声惊叫。"哇，真好啊。"她说。

宝根说："你过几天还去镇文化站学习吧？我和你一起去。我也报名参加葫芦丝学习班。"宝根特别开心，说话时还把手挥舞了几下。

"好啊。"小美兴奋地跳了一下，"我去镇文化站学习，有伴啦。"

宝根和小美举手，击掌。

"我刚学，练不会的地方，你得教我。"宝根毫不客气地跟小美提要求。

小美爽快地答应了。"老学员帮助新学员，责无旁贷。将来，我们都学会了'月光下的凤尾竹'，六一儿童节联欢时，咱俩就来个葫芦丝合奏，吹'月光下的凤尾竹'。"

"不许反悔！"宝根说。

"决不反悔！"小美说。

看着两个孩子，小美妈妈发出"咯咯咯"的笑声。

离开小美家时，小美穿上她红红的羽绒服，送宝根。"你一定能把葫芦丝吹得很好的。我确信。"小美给宝根鼓劲。

宝根用力吐出几口雾气，冲小美亮出灿烂的笑。

美滋滋地走在街上，宝根忽然想到一件事，他特别希望能见到几个熟人，告诉他们自己也有葫芦丝了。可是，街面上很寂静，也很空旷，看不到行人。

见不到熟人也没有影响宝根的心情，走路的时候，步子迈得很轻松。他打算到家后先试着吹一吹，熟悉一下葫芦丝的结构。

可是，宝根走着走着就停了下来。他看着手里的葫芦丝，觉得自己已经忍不住了。

于是，宝根毫不犹豫地拿出葫芦丝，放在嘴里，吹。

天很冷，北风依旧干硬，割得他的手指疼。可宝根不在乎，还是吹。

宝根的葫芦丝发出了单调、零碎的声音，根本不成曲调。宝根还不会吹葫芦丝。但是他喜欢，只要是葫芦丝发出的声音，他就喜欢。

那单调、零碎的声音在村街上飘着，引来了几双惊异的眼睛。

"宝根，你买葫芦丝啦？谁给你买的？"

"行啊宝根，以后不用直勾勾地听小美吹葫芦丝啦。"

是宝根的同学。他们围过来，要看宝根的新葫芦丝。

宝根不吹了，把葫芦丝小心地收进长盒子里。"当心，你们愣头愣脑的，别把我的葫芦丝摸坏了。"宝根闪开身子，不让同学碰。

"小抠，看也看不坏。"同学的目光由惊异变成了不悦。

"有个葫芦丝，看把你牛的。走，我们放鞭炮去。"同学们踩出一片"咯吱"声，走了。

宝根不在乎。回家。

三

北风中的年味儿一日比一日浓，年已经来到眼前了。

警车也来到了，一路鸣叫着，开进了小村里。

村委会麻主任领着两个警察来到了宝根家。姥姥姥爷惊住了，爸爸妈妈惊住了，春兰阿姨也惊住了。

警察问："你是刘大伟？在电器公司打工？"

小舅舅说："是。"

警察拿出一把小铁锤，问："这是你的？"

看见铁锤，小舅舅没说话。

"你就是用这把铁锤砸昏了电器公司马经理，抢走了13000块钱？对吗？"警察问。

小舅舅说："对。"

两个警察对视了一下。其中一个警察拿出了一张纸，举给小舅舅看。

"你涉嫌抢劫，被逮捕了。"警察抖着手里的纸，说。

另一个警察拿出了亮亮的手铐，戴在了小舅舅的手腕上。

全家人都蒙了，不知道是咋回事。

"小舅舅！"宝根首先发出一声惊叫。大家都醒了过来。

宝根看到小舅舅的表情十分痛苦，泪水很快就从他的眼睛里涌了出来。

"爸，妈，不怨儿子。我辛辛苦苦干活儿挣了13000块钱工资，可那黑心的马经理一分也不给。他办公桌里至少有10捆钱，我只拿了13000。"小舅舅的嘴唇抖得厉害。

"春兰，我也不想这么干，可我没有办法。"小舅舅看着春兰阿姨，紧紧地攥着拳头。

宝根盯着小舅舅。他一点也没想到事情会是这样。

家里乱成了一锅粥。宝根突然想哭。

小舅舅被带走了，像是被割脸皮的北风卷走的一样，无声无息的。

冬天的风很冷，刮得脸皮尖锐地疼，一直疼到心里。

四

宝根走在雪地上，依旧踩出一线"咯吱咯吱"的脆响。他沿着村街，走出村子，走上在村边经过的公路，向村外走去。

宝根把羽绒服的衣领立起来，把毛茸茸的帽子戴上。宝根感觉自己整个被羽绒服包裹起来了。

不是怕冷，而是怕被人看出来。宝根的心思自己清楚。

前面，还有一个人影，在北风中行走着，向着镇里的方向。

宝根就瞄着那个人影，保持着不远不近的距离。走。

空旷的田野上，积雪白白的，太阳一照，闪着刺眼的光。两个人一前一后走路的样子，显得身单影只。

前面的那个人，穿着红红的羽绒服，在白白的世界里，很醒目。

宝根看着那红红的羽绒服。

小舅舅被带走了，警察还一样一样地收回了小舅舅买来的东西，包括那把崭新的葫芦丝。当警察从宝根手里拿走长盒子时，宝根的心仿佛是被北风吹透了一样，冷，疼。他的眼泪很快就涌上了眼窝。

现在，走在去镇里的公路上，宝根的耳边，又响起了葫芦丝那悠扬婉转的声音。宝根一下子还说不清楚，为什么那葫芦丝的声音一点也不尖锐，却可以毫不费力地沁入心底，让宝根的心随之颤动。

这渴望已久的音乐声一直在宝根的心里弥漫着，不肯散去。

宝根仰头望望天，还努着嘴吸吸鼻子，似乎是希望在这坚硬的空气中嗅出一丝春天的气息。

"也许，有葫芦丝的声音在召唤，春天会来得快一些。"宝根想。

狂奔

一

在树下站着的时候，我发现太阳有点异常。平时，太阳放出的光线很平均，水一样从天空中一涌一涌地漫下来，尽管很热，但总是没有形状，柔软地包裹着人的身体。然而现在的太阳光有了明显的不同，它们有了具体的形状，很尖利，跟母亲做活儿用的白白的针很相似，扎得皮肤尖尖地疼，令人不寒而栗。

我努力地把身体躲进树的阴影里，防止那些在空中飞来飞去的针扎我的皮肤。

我在等两个人。他们是我的同学，一个是不久前死了父亲的耗子，另一个是我的同座虎子。

　　我有点紧张，因为我们3个人今天要做一件大事。有关的行动计划我们已经反复商量过了，就像电影中指挥员研究作战计划那样。今天我们要做的，就是将它付诸实施。

　　尽管我们对行动做了周密的安排，我仍然有点紧张。我将脊背紧紧地靠在树干上，眯着眼，向左侧的村子里望。村街上空无一人，甚至连一只鸡或一条狗都没有，满街面上跳来跳去的是喧哗不止的白花花的阳光。空气中没有一丝风，阳光就变得尖刻而且肆无忌惮，它把街面弄得白花花的，连墙和房屋也是白花花的，使它们站立的姿态毫无生气。望了一阵，我的眼睛就有点疼。我收回目光，又看右侧的玉米地。玉米已经长得快有我的个子高了，它们也同样没有逃过阳光的洗劫，原本油绿油绿的叶片，此时已完全丧失了固有的色彩，弥漫着白亮亮的光。

　　太阳光一定是在炫耀自己呢，我想。刘队长不也是这个样子吗？爱反剪着手走路，爱穿一件带纽扣的白色衬衣，炫耀自己。那是全村唯一的一件带纽扣的白色衬衣，那白色像这白花花的阳光一样刺人的眼睛，使刘队长变得更加与众不同。人们都恨他，但也都怕他。他是队长。那件白衬衣，几乎成了队长权力与威严的象征。

　　砍掉村边的那片杨树林卖些钱这个馊主意，就是刘队长提出来的。

　　村里要建一个粮谷加工点，买设备资金不够，刘队长就打那片杨树林的主意。

　　这个消息一传出来，全村的人都大吃一惊。当然，也包括我、耗子和虎子。

　　因为那是一片顶顶漂亮顶顶重要的杨树林啊。

　　耗子和虎子走路的姿势有点飘，一扭一扭的。他们站到我的面前时都有点气喘吁吁，额头和耳边流着汗水。但他们没有去擦，表情严肃地看着我。

　　我知道他们已经进入了临战状态，就问："准备好啦？"

　　虎子从短裤兜里摸出弹弓，亮在手上。虎子的弹弓玩得好，同学们都叫他"弹弓王"。

　　耗子拿出剪刀，还有针和线。他说："我有了一个新的主意，更解恨。"

　　不愧是耗子，鬼点子多。我对耗子的主意特满意，在他的肩上拍了一下。

　　我说："开始行动。"

那片美丽的杨树林就生长在村子的边缘，我们学校的后面。女儿河在她的身边轻轻地流过，像给她佩带的一条漂亮的蓝纱巾。杨树林一定知道自己的美丽，站立着的姿态都是美滋滋的。风飘过来的时候，她们就热情地与风交谈，声音那么清亮，那么温柔。学完功课，我们都喜欢到杨树林里去玩。在树林中钻来钻去捉迷藏真有趣儿，彼此看不见对方，只能凭着笑声去寻找。有时我们躺在林中草地上，把身子放得平平的。青草的分布密实而且均匀，上面有星星点点的野花正在悠然绽开，走上去，就像走进了仙境。树枝间跳来跳去的鸟儿起劲地唱歌，把我们馋得嗓子痒痒。我们就吹起口哨，吹出一串串的美妙旋律，与鸟儿赛歌。每年夏天，当雨季来临的时候，女儿河都要暴发洪水。是杨树林用她有力的肩膀，挡住了洪水的袭击，保护了田地，保护了我们的村庄。我们都喜欢这片美丽的杨树林，她在我们的心中神圣无比。

早上，我背着书包向学校走。虎子从后面追上来，告诉我一件令人气愤的事情。虎子说："刘队长太欺负人。"

我问："怎么啦？"

虎子的表情十分狰狞："刘队长他……他欺负我妈。"

"说具体点。"我装出一副不耐烦的样子。

虎子说："我妈干活儿挣的工分被刘队长给扣掉了。我妈与他争执，他就当面大骂我妈。"

"什么？"我站住了。"你看见了？"

虎子说："是耗子亲眼看见的。昨天下午放学后，耗子到地里找他爸要钥匙，当时社员们都在玉米地里拔草。刘队长因为我妈在拔草时不小心拔掉了一棵玉米苗，就当场宣布把我妈的工分扣掉。我妈生气了，向刘队长解释几句，结果挨了刘队长一顿骂。"

"耗子亲口对我说的，昨天晚上他就对我说了。"虎子补充说。

下课时我问耗子。耗子点头："是真的。"

虎子说："其实刘队长是报复我妈。因为我妈曾找过刘队长，公开反对他砍掉那片杨树林。昨天晚上我妈一直哭，我爸气得啪啪打自己的嘴巴，不停手地打了有20个。但他不敢去找刘队长。"

我听父亲说过，虎子妈的确找过刘队长，反对他砍杨树林。因为一旦杨树林被砍掉，女儿河发洪水首先被冲击的就是虎子家。他家在村子的最边缘。

虎子恨恨地说："这件事不能算完。"

耗子说："队长又怎么样？队长也不能欺人太甚！"

虎子和耗子一齐看着我。我知道他们在等着我表态。

我说："对，这事不能算完。"

当天晚上我们就开始了行动。我们趁着夜色溜进了刘队长家的菜园，用削铅笔的小刀把一畦粗壮的西红柿秧一棵不剩地割倒了。

第二天中午放学回家吃饭，我听父亲说，刘队长气得像个疯子，穿着白衬衣在街面上来来回回地走，边走边高声骂人，足足骂了有两个小时。没有人出面劝解，也没有人出院子，大家都屏着呼吸在家里静静地听。

我听出刘队长始终查不出这是谁干的，因为我们割西红柿秧时是在其根部斜着割的，看上去酷似用镰刀割的。刘队长无论如何也不会想到是3个孩子干的。

下午，我们3个人再见面时是在杨树林里。我们谁也没有说话，彼此望着对方。接着我们就哧哧地笑起来，笑得合不拢嘴。我们甚至在草地上滚，边滚边掏对方的胳肢窝。我们快活得像一群淘气的田鼠。

可是我们的庆祝活动还没有结束，厄运就降临了。尽管我们在行动时十分小心，还是给刘队长留下了一些证据。他在西红柿园中松软的地面上发现了一些清晰的脚印，进而很容易就推断出作案者是我们3个人。

说实话我们并不惧怕刘队长的大骂，骂人又不疼不痒。但我们不能原谅自己的失败。一连几天，我们3个人都长时间的在杨树林中静坐，为我们的失败而恼火。

三

　　针一样的阳光已经把视野中的一切都扎得变了形，仿佛整个村庄都变得闪闪烁烁，一副很不真实的样子。我和虎子都感觉到了这种变化，而且我们的皮肤开始麻疼。我们默不作声地走，向我们的目标接近。我们要让一切都真实起来，要让人们走出屋子，到炎热的阳光中来，那样，我们的计划才能顺利实现。

　　现在只剩下我和虎子了。耗子已经到他应该去的地方了。这些都是我们计划的一部分。为吸取上次失败的教训，我们要做得万无一失，我们要取得成功。

　　我和虎子装作若无其事的样子，很随意地在街面上走过。我们这样做是怕有人看出破绽，识破我们的阴谋。

　　我们走路的过程中没有遇到一个人，几只懒散的狗垂着长长的红舌头趴在墙根或树荫下喘息，连看都懒得看我们一眼。街面上出奇的寂静，使我们原本细碎的脚步声变得冲动而且真实。我的心有些跳得急，但我隐隐约约可以预感到，今天我们可能会很顺利地得手。

　　我们已经来到了目标前，我们将身体隐在一堵矮墙的后面。我们的身后，是一片杂乱的树丛。

　　我和虎子紧张地观察了一阵。虎子问："这会儿，耗子该到后院了吧？"

　　我点点头："差不多了，我们可以动手了。"

　　虎子来了精神，从身后摸出弹弓，拿在手里。

　　我指了指前面："看到了吗？"

　　在一个威严高大的方形门楼的下面，在墙边不大的一条阴影里，有一些鸡正趴在那儿，把双翅张开，使身体尽可能地贴在地面上。炎热使它们都一齐张着嘴，喘得像刚跑完马拉松。

　　虎子望了望，说："看到了。"他从兜里摸出两枚圆圆的石子，然后不紧不慢地发射出去一枚。

石子准确地落在了鸡群的中间。

鸡们很显然对此毫无防范，它们都大吃一惊，慌慌地跳起身，个个伸长脖子望，发出极为警惕的叫声。

我说："太好啦，大红公鸡出来啦。"

虎子连忙把第二枚石子夹好，拉长皮条，向大红公鸡瞄准。

大红公鸡一副神圣不可侵犯的样子，一边冲动地尖叫，一边东张西望，希望能找到石子的出处。

大红公鸡的神态与刘队长十分相似，这更激起了虎子的仇恨。他把弹弓的皮条拉得长长的。

大红公鸡无论如何也不会想到将有更危险的事情发生，它正一步一步地走动，就有一枚圆石子带着风声迅疾地向它粗壮的腿飞来。

虎子玩弹弓的技艺又一次发挥了威力，他准确地射断了大红公鸡的一条腿。公鸡发出的叫声绝望而且夸张，其他母鸡更是一哄而散，一时间，鸡们成了世界的主角，洪亮的叫声倏地腾空而起。

我向虎子伸了伸大拇指。

四

我的父亲是生产队的会计，那副一拿就左扭右扭的破算盘是他的心爱之物。父亲与刘队长的关系一直可以。他们一个是队长，一个是会计，都是生产队的主要人物。在我的印象中，父亲从没有说过刘队长的坏话。有一次队上开完会，父亲回到家中，跟进来的是我家的邻居。他们坐在八仙桌旁边喝水边说话。对于他们的谈话我没有兴趣，但还是听到父亲说："刘队长咋那么犟呢？砍掉杨树林的事我跟他提好几次了。我还没有刺激他，只是提醒他再考虑考虑，建议他不要砍树。那片杨树林对咱村多么重要啊。可他咋就那么犟呢，一点儿也听不进去。这个刘队长可真是的，有些太武断，太刚愎自用了。"

当时我听到父亲说出了几个我从未听说过的词，就觉得父亲特有水平，还很羡慕地看了他一眼。

但不久，麻烦就来了。有一天晚上我亲耳听到父亲母亲说话时，父亲不停地问自己："刘队长这是怎么了呢？咋一而再再而三地找我的碴儿呢？"

第二天，我就目睹了父亲可怜巴巴地在众人面前低头站着的样子。

刘队长依旧反剪着手，气愤地走来走去。他的嘴一刻也没有停止过，骂一些不堪入耳的脏话。而他骂的，又恰恰是我的父亲。

我不知道父亲犯了什么错误，面对凶神一样的刘队长，父亲竟独自低头站着，一声不吭。大家也都一声不吭，看着父亲。

我认定父亲一定没有错，因为我了解我的父亲，他是个谨慎的人，他不会犯错误的。刘队长在众人面前如此对待父亲，肯定是他故意做出来，让大家看的。

晚上，我认真地问父亲。父亲没有回答我，轻轻地叹了一声："小孩子，别管大人的事。"

我从父亲的表情中看出来了，我的父亲是无辜的，刘队长这样做实在是太过分了。

这使我又一次想起刘队长欺负虎子妈的事，我觉得像刘队长这样的人，应该再一次受到惩罚。

五

我和虎子没有立刻离开矮墙，我们要看一看事态如何发展。

果真如我所料，刘队长的老婆慌慌张张地从屋子里跑了出来。她似乎刚刚还在睡梦中，是鸡的叫声吵醒了她。她的眼睛眯着，眼皮松弛。她甚至只穿着短裤和背心，粗壮的大腿无所顾忌地袒露在外面。

队长老婆跑到大门外，看清了眼前的一切，便脱口大骂起来。

"是哪个不得好死的干的？"她抱着已无法走动但仍挣扎不止的大红公鸡，"好端端的公鸡生生就把腿给打折了。"

"这可是踩蛋儿的公鸡呀！"她又叫。

有一些人听到骂声从院子里走了出来，走到刘队长家的大门前，看队长老婆手里已经断了腿的大红公鸡。

队长老婆并不在乎自己的穿着，举着公鸡在人群中走来走去，让众人看她的鸡。

我觉得是时候了，就拉了拉直着脖子的虎子，说："走。"

离开矮墙时，我听到队长老婆还在骂："挨千刀的，我的鸡招谁惹谁了？"

我和虎子一口气跑到刘队长家的后院山墙外，看见耗子正冲动地冲我们招手。

前院的村街上，队长老婆还在骂人。那声音隐隐约约地传过来，听不分明。

她骂什么我们已经没有兴趣了，此时我们要做的是我们计划的最重要的部分。

我跑过去问："怎么样？"

耗子满脸的得意："她一往街上跑我就溜进后院下了手。"说着他从背心里掏出了那件带纽扣的白衬衣。

这是队长穿的白衬衣，还没有完全干透，潮乎乎的。是队长老婆把它洗干净之后晾到后院的晾衣线上的。我拿着白衬衣，并没有感觉出它的样式与布质与其他人穿的衣服有什么不同。但队长穿上它，却有着常人无法企及的魔力，它像眼前的阳光一样白花花地刺人的眼睛。

我看了看耗子和虎子，从耗子手里夺过剪刀，几下就将白衬衣分成了3部分。我把其中的两部分塞给耗子和虎子，低声说："撕碎它。"

六

关于惩罚刘队长的办法，我们3个人曾多次研究，我们长时间地坐在杨树林里，却无法形成一致的意见。

耗子说："用弹弓把他家的窗玻璃都射碎。"

我说："那不行。那样目标太大，我们很容易就得被抓住。"

虎子说："弄一堆狗屎，放在他家门口，让他踩一脚。"

耗子说："这样不解恨。"

"要想一个既不被发现又解恨的办法。"耗子又说。

后来我提出了毁掉刘队长的带纽扣的白衬衣的主意，得到了耗子和虎子的一致同意。

我说："毁掉队长那件与众不同的白衬衣，让他永远也无法再穿上它。"

我们之所以要很解恨地惩罚刘队长，还有一个原因，是耗子的父亲死了，而且耗子父亲的死与刘队长有关。

耗子父亲死去的那个下午其实是个平静的下午。我在村街上走动时，突然看到耗子正鬼鬼祟祟地躲在他家门前的一棵大杨树后，向院子里张望。我问："耗子，望什么哪？"

耗子一把将我拉到树后，悄声说："我看见我爸在装农具的仓库里拿了一些细细的尼龙线和一根长竹竿，我不知道他要干什么，问他他不告诉我。我意识到我爸可能要做一件很重要但同时也一定很有趣的事情。"

"你打算悄悄地跟踪他？"我问。

耗子点点头。我们在树后等了大概有半节课的时间，还不见耗子的父亲出来。耗子急了，说："走，进去看看。"

耗子的母亲正坐在炕上做针线活儿。耗子问："我爸呢？"耗子母亲停止了手上的活儿，用手背抹了抹额头上的汗水，说："上午刘队长来过，他说他有点不舒服，馋鱼吃。"我在耗子母亲的叙述中看到刘队长反剪着手，身穿那件洗得干干净净的白衬衣走进院子，与耗子的父亲说话。耗子父亲不住地点头。

"你爸到女儿河钓鱼去了。"耗子母亲说。

我和耗子装作漫不经心地在屋里走了几步，然后走出屋门。当我们来到后院时，耗子一扬手，我们就猛地摆开臂，在几畦青碧的胡萝卜茂盛的叶片上空迅速跨过去，飞快地向女儿河跑去。原来耗子父亲去了女儿河，是从后门走的。我知道，在村子后面的不远处，女儿河转了个弯，形成一个很大很深的水湾，水中生长着许多硕大的草鲢鱼。我和耗子都不止一次地看到过那种鱼把水淋淋的身体抖起来，跃出河面，以此来显示自己的强悍。

我和耗子一前一后急切地舞动着自己的双腿。在穿过一片高粱地时，我的略臂和小腿肚被厚实的高粱叶片划出了许多细密的白印，紧接着就渗出了鲜鲜的血迹，出奇地疼。但我忍着，丝毫没有放慢前进的速度。

当我们气喘吁吁地来到河湾前时，我们都愣住了。河水一片平静，两岸空无一人。女儿河水在缓缓地流动，河岸附近毫无规则地站立着一些或高或矮的水草。

耗子用奇怪的目光看了看我。我想我此时的目光也一定是奇怪的。我们在高高的土崖上来来回回地走，却始终没有见到耗子父亲。我们都有些失望，正准备往回走，我突然看到了一根长长的竹竿。

"快看！"我大叫。

崖下面，竹竿斜斜地插在河水中的稀泥里，上面落着一只平静的红蜻蜓。河边，有一些从崖上面坍塌下去的新土正滑进河水里。我和耗子都明白了发生的事情。耗子高声呼唤着他的父亲，声音因恐慌而变了调。我也大声地叫起来。我们在河的上下游间跑来跑去。最后，我们在下游的河水里，在河湾的边缘，见到了一个人圆滚滚的脊背。那个人正是耗子的父亲！

耗子的父亲死了。

耗子的父亲溺水而死。

耗子的父亲去为穿白衬衣的刘队长钓鱼时因土崖坍塌溺水而死。

在耗子父亲的葬礼上，耗子披麻戴孝，手里拿着一只白色的幡。我看到耗子的表情十分严肃，眼睛里没有一颗泪。

耗子的父亲死了耗子居然没流一颗泪。

七

耗子的确是聪明的，他的主意的确很高明。

我们很快把白衬衣撕成了一堆碎片。耗子拿出针线，将碎片一一串起来，我说："虎子，你去侦察一下，队长老婆是不是还在街上。"

虎子蹑手蹑脚地摸进了刘队长的后院。

耗子刚把碎布片串好，虎子就跑了回来，说："队长老婆还在街上骂呢。快点。"

我们3个人放轻脚步，迅速窜进刘队长的后院，把长长的一串白布片挂在了晾衣线上。

我们快速溜出后院。

我看到那串白色的碎布片在晾衣线上垂着，不时摆动几下，极真实，像一只白色的幡。

我们没有说话。成功地完成了计划我们却没有说话。走了一阵，我们3个人彼此对望了一下，接着就心领神会地飞跑起来。我们已经感觉不到针一样的太阳光是否扎疼了我们的皮肤，兴奋使我们加快了奔跑的速度。我们飞快地跳过田地边的浅沟，穿过正在生长着的玉米地，向着我们打滚嬉戏的杨树林狂奔。

风呜呜地在我们的耳边吹着口哨，我们奔跑的姿势接近于飞翔。

苏州的表情

【气息】

晚饭后，一走出定园宾馆，就有一个小伙子迎上来，和我们打招呼："几位要逛逛苏州的夜景吗？我可以送你们过去。"接着他详细地介绍了苏州步行街、美食街等地方。小伙子很热情，也很坦诚，仿佛我们并非陌路，而是早已相识的朋友，让我们无法拒绝。于是，我们上了他的微型面包车。

小伙子把我们拉到步行街街口，简单介绍了一下逛步行街的线路，然后送给我们一张名片。他姓周，是专门接送客人的。小周指着名片上的电话号码说："需要我的话，打一个电话，随叫随到。"

我们走进苏州市石路步行街。步行街的气氛很热烈，华灯齐放，整个街道色彩斑斓。高大的红色拱门一个接一个，街心水池水柱冲天，旁边还有歌舞表演，大屏幕上同步播出的是表演的内容。原来是石路街道正在举行"社区邻里节"的闭幕式。

步行街上的商贩很多，出售的基本上是各种水果，他们大都是一个人，一辆推车，简单轻松。商贩们并不大喊大叫，静静地站着，看着身边走来走去的行人。他们的眼神镇定、从容，似乎一点不担心自己的水果能否卖出去。商贩的身后是各类店铺，都是灯火通明。仔细看去，商家的生意竟然也是做得从容不迫，并没有忙碌、火爆的场景出现。消费的客人似乎并不多，客人与商家的心态好得让人羡慕。

我们走进一个门面很小的店，叫做"谭木匠"，是专门卖木梳的。女主人抄着苏州话热情地向我们介绍她的商品。她介绍得很详细，不同木梳的不同用途、特点等，一一道来。她的言谈举止间并没有明显地显露出渴望我们能买几把木梳的样子，让我们感觉比较强烈的是一种蕴涵其中的文化气息。尽管我们没有买她的木梳，离开小店时，她还是送我们到门外，说："欢迎再来。"

离开步行街的时候，我们不约而同地想到了那个司机小周，一个电话打过去，几分钟，小周就笑呵呵地出现在我们面前。

苏州的经济发展很快，苏州城里到处都弥漫着商业气息。苏州又是历史文化名城，到处都弥漫着文化气息。这种从苏州人的言谈和处事态度中能够品味出来的气息不是做出来的，而是历史的沉淀，是溶在苏州人的血液里的，任你去品味，让你无法忽视，无法拒绝。

【从容】

乘船夜游苏州，是一件开心的事情。

环苏州古城的护城河，水面宽阔，游船穿梭。我们离开码头，心便如船头冲起的水浪，不能平静。

夜行护城河，欣赏苏州夜景，是唯一的主题。我坐在船尾，远望河岸。河岸上灯火闪烁，车辆川流不息，各种形状的楼房都闪动着五颜六色的霓虹灯，或跳跃，或变幻，显示着自己的特色。沿河岸苏州古城一侧，多河堤公园。其实叫公园有些牵强，它完全是开放式的，草坪、树木、亭台，都星罗棋布地沿河而建。灯此时成了主角，照射到树上，树更绿了，照射到亭上，亭更幽了。间或有高高的围墙出现，却没有设置灯盏。开始我觉得诧异，随着游船渐渐前行，我逐渐感到，这正是苏州人的高明之处。一样的景致一样的灯光，不免有雷同之感，不免会产生欣赏中的审美疲劳。而缺乏灯光烘托的地段，却明确地透出幽静、泰然甚至略显神秘的气息。不仅从一个侧面折射出苏州人生活的从容与恬淡，而且使护城河的风光多了些层次，多了些变化，多了些值得品味和咀嚼的地方。也许将来的某一天，苏州人会将全部河堤都亮化起来，但我确信，聪明的苏州人不会照现有的模式复制的，一定会有新的思路，新的变化，使夜游苏州城给人带来更新的艺术冲击，带来心灵上的愉悦。

河岸边均设有石质的护栏。护栏并不高，市民可以在晚饭后来这里闲坐。我看到那些闲坐的人或三三两两，互相说着他们喜欢的话题，或一个人，静静地坐着，望着河面，安静而从容。我们的游船在护栏前行驶，我冲岸上招一招手，引来闲坐的人善意的微笑，不说一句话，不发出任何声音，一个动作，一个笑脸，有呼有应，仿佛朋友相见，彼此默契，心灵相通，平添了惬意与和谐。

游船开了80分钟，方靠岸。我没有马上离开，面向河水而立，也学着苏州人的样子，从容地做几个深呼吸，从容地冲护城河亮出微笑，仿佛自己真的成了苏州人。

【宁静】

还没有走近寒山寺的大门，我的脑海中先闪出的，是张继那首著名的《枫桥夜泊》诗："月落乌啼霜满天，江枫渔火对愁眠。姑苏城外寒山寺，夜半钟声到客船。"

寺外的路面宽阔而平坦，零零散散地分布着一些落下来的树叶，有的青碧，有的已经干枯，走上去，脚下便发出细碎的"嚓嚓"声，更加透出幽静与神秘。

寒山寺门前的水系是京杭大运河的一条分支，水不宽，也不急。导游员介绍当年张继夜泊枫桥的地点，并将一座石拱桥指给我们看。我知道那桥已不是张继停泊的枫桥，水也不是当年的运河水，时光已经把一切都冲刷得变了一种模样。然而那首耳熟能详的诗，那首诗所创造出来的几千年也侵蚀不掉的意境，仍然在寒山寺的钟声里悠悠回荡，在运河水的波光中熠熠闪亮，让我们这些后来人站在寒山寺门前拍照留影时，仍然不可避免地怀着朝觐的心态，摆出虔诚的姿势。

寒山寺的规模并不很大，但这个建于六朝时期梁代天监年间（公元502-519年），已有1400多年历史的古刹香火很盛，尤其是每年除夕之夜，都有大量的日本人专程赶来，到寒山寺听新年钟声。据说人的一年有108个灾难，到寒山寺听新年钟声，一声钟响可消除一个灾难。当晚上11点42分寒山寺的主持开始敲钟时，人们都一齐数着钟声。108声后，寺外礼花绽放，鞭炮齐鸣。

走进碧瓦黄墙的寒山寺，那种足以引起心灵震撼的宁静便扑面而来。绿树掩映中，寺内柏翠松青，曲径回转，通向幽静的深处。钟声悠远，古树无言，香火在静静地燃烧。在这里走一走，心仿佛是被洗过一样。

我曾注意观察过苏州城的色彩。苏州的建筑基本上以黑、白、灰为主，彰显着吴文化的特色。苏州女人的穿着，也多是素、淡、雅的，很少有大红大绿的色彩，正如苏州人恬静、不张扬的性格。个中原因是什么呢？回顾苏州城2520年的历史，位于苏南地区的苏州始终没有大的自然灾害，农民的温饱问题基本可以解决，逐渐形成了苏州人温柔、从容、宁静的性格。这种宁静是骨子里的。寒山寺的幽静，很好地诠释了苏州人的性格。

有资料记载，张继曾有机会重游苏州，来到寒山寺，并写下了《再泊枫桥》诗："白发重来一梦中，青山不改旧时容。乌啼月落寒山寺，依枕尝听半夜钟。"一样的景物，不同的感慨。但以文采、意境而言后诗远逊前诗，有人认为是伪作。诗之真伪有待考证，但真也好，假也罢，这些都已经不重要，苏州人的宁静正如寒山寺里的悠悠钟声，可以穿透几千年的时空，每天都在苏州人的心中响起，那么坚定，那么平常。

樱桃事

少年馋了。

看着小伙伴一粒一粒地把红红的樱桃放进嘴里，慢慢地咀嚼，慢慢地品味，少年就馋得使劲咽口水。

小伙伴的家里有樱桃树，春天一来，樱桃树就早早泛绿，早早开花，果实也随着孩子的期盼一点点长大。

可少年没有期盼，因为他家里没有樱桃树。他只有眼看着小伙伴吃樱桃的份。偶尔小伙伴送给他几粒樱桃，他都吃得很慢很慢，好让那酸酸甜甜的味道在自己的嘴里多待一会儿。

少年就努力地要求自己不去想樱桃，不去想樱桃的味道。为了分散注意力，少年选择了行走，在村子里行走。他把目光放得长长的，望村子外面的河流、树木、田野，还有天上的白云和飞鸟。就是不去想樱桃。

有一天，少年突然看到在田地的边缘，在松软的地面上生长出了一株植物。叶子是淡淡的绿色，只有三两片，由于刚刚露出土层，看上去那么新鲜，同时也非常柔弱。

那是一棵樱桃树！少年一下子兴奋起来。

可少年想起一句话来。记不清是什么时候，少年从大人那里学来一句话：

樱桃好吃树难栽，骡子有劲脾气歪。

就是说，樱桃树是很难栽活的。但是少年没有多想，就决定把这棵樱桃树栽到自己家的后院中去。少年一定要栽活它，这样每年初夏，少年就可以吃到自己家的樱桃，不用馋得使劲咽口水了。

少年很快拿来铁锹，挖樱桃树。他小心翼翼地把铁锹插进土里，为了不破坏樱桃树的根，他把挖土的范围扩得很大。少年费了很大的劲，才把樱桃树挖出来，用双手捧着，拿回家，栽到了后院的墙边。少年用铁锹把樱桃树的周围修理好，又浇了一桶水。少年长长地出了一口气。

接下来就是观察樱桃树是否活了。少年几乎每天都到樱桃树前看一次，还时常给樱桃树浇水。少年做得很是精心。

樱桃树真的活了。少年看着樱桃树一天天长起来了，叶子更多了，也更绿了，树干也由纤细一点点变得粗壮。樱桃树生长得非常好。

少年不由得又想到了那句话。他发出了疑问：樱桃树并不难栽呀？

少年就把自己的疑问向妈妈说了。妈妈说：你那么精心地照顾樱桃树，就是再难栽，也可以成活的。

少年受到妈妈的启发，认识到，多么难的事情，只要认真去做，都可以做好。

樱桃树长得很茂盛，密匝匝的一丛。少年终于吃到自己栽种的樱桃树结出的红彤彤的果实了。少年吃得很慢，他在慢慢地品味，品味樱桃那酸酸甜甜的味道。

少年还一边吃一边笑，无声地笑。

多年以后，少年长大了，大学毕业后在城里工作。他结了婚，有了孩子。有一天他们一家3口人吃饭时，他和孩子说起了自己还是个少年时栽种樱桃树的事。

可是孩子只平静地说：咱家前面的解放路市场里有卖樱桃的，很便宜，4块钱能买半斤。

已经长大的少年被自己孩子的话惊住了，半晌无言。

晚上，他静静地坐了一会儿，写出了上面这些文字。

雪地上的眼睛

人一生中所经历的事情很多，大部分随着时间的流逝而渐渐淡忘。但总有一些会在记忆中沉淀下来，经过时间的打磨，越发熠熠闪光。

我曾在辽东大山深处的一所中学里当过老师，转眼15年过去了，那段经历却像圆圆的果子，始终在我的记忆之树上摇晃，每每想起，总会让我怦然心动……

【钢笔与鸡蛋西红柿】

我接手做初二（三）班班主任时，前班主任，即将退休的张老师向我介绍："丁子是个调皮的学生，韩聪应该多注意、多照顾……"

第一次给三班上课，我就认识了韩聪。她是一个那么爱脸红的女孩子。刚刚接触一个新班，接触一群新学生，我的心情就像满操场喧哗不止的阳光，很难平静。我兴冲冲地走进教室，开始点名，顺便认识一下全班同学。当我喊到韩聪时，我竟然没有听到那声"到"，我以为韩聪不在，就望着同学又喊了一次。这次我看清了，悄然站起的韩聪脸红红的，甚至连耳朵也都红了。她向我说了一声"到"，而我却几乎听不到，那声音小得似乎只有她自己能听见。

韩聪的学习成绩一般，平时少言寡语，总是悄无声息地一个人坐在角落里，默默地学习。有一次上自习课时，我走进教室，看到韩聪正埋头看书，看得十分投入。我很高兴，可当我走近她时，却发现她看的并不是课本，而是《儿童文学》。见到我，韩聪毫无疑问地脸红了，慌乱中杂志还掉到了地上。我拾起杂志，交给她。我知道这是韩聪借来的杂志。我没有批评她，转身走开了。这样的女孩，是不用批评的。

韩聪的家在工厂厂区外面一个深远的大山皱褶里，生活十分困难。能到我们这所工厂子弟中学来读书，韩聪已经感到很幸福了。有一次她亲口告诉我，她的不少小学同学早就不读书了，有的女同学还早早就定了亲事。韩聪每天都要穿校服，而鞋子，则是一双洗刷得快要失去颜色的黄胶鞋，而且我发现那双胶鞋已经坏了，大脚趾的地方出现了一个裂缝，不仔细看是看不出来的，只有一条弯弯的痕迹，似乎是沾着一叶草。这样一双鞋，韩聪一穿就是两个月，从没换过。韩聪的钢笔已经有3处缠上了胶带，仍对付着使用。

我就鼓励她："要想不早早定亲嫁人，要想过上富裕日子，就只有努力读书。"韩聪很认真地点头，学习更加刻苦了。

期中考试时，韩聪进步很大，从班级第31名，一跃排到了第12名。尤其是她的作文，更是全初二年组最高的。

于是，我主持召开了一个班会，并大张旗鼓地对韩聪提出了表扬。我还当众将自己新买的钢笔作为奖品送给了韩聪。同时，我还调整了韩聪的座位，让她和全班学习最好的李聪慧坐同桌。韩聪很激动，脸涨红得像一个熟透的大苹果。我这样做，目的很明确，就是用韩聪做例子，鼓励和影响其他同学。

我曾向韩聪提出，要到她家里去家访。可韩聪脸憋得通红，手摇得像一枚风中的柞树叶。韩聪的断然拒绝让我想了很多。

有一天，韩聪的爸爸，一个憨厚的农民找到了学校，找到了我。他一脸的憨笑，和我说话时有点语无伦次。但我听明白了，他的意思是感谢我对韩聪的关心和照顾。说到给韩聪调整座位和奖给她一支新钢笔，这个壮实的山里汉子竟然泪水涟涟。他把一个塑料方便袋交给我，并恳请我一定收下。"这是我的一点心意呀。"他发急地说。

塑料袋里有10个鸡蛋，5个红红的西红柿。我只好收下了。

晚上，我做了鸡蛋炒西红柿。家人都说好吃。我吃了，确实好吃。可我的心，却总是沉沉的，似乎是为韩聪，又仿佛是为别的。

【调皮鸟儿】

工厂子弟中学就坐落在一面山坡的旁边，山坡上布满了密密麻麻的柞树、榛树，还有野核桃树。校园的四周也一排排站满了大大小小的树，像参加队列比赛的孩子。

树多，鸟儿就多，各种各样我叫不出名字的山鸟儿每天在树上叽叽喳喳，喧哗不止，像调皮的学生。

丁子就是一只这样的调皮山鸟儿。丁子实在是太爱动了，即使上课时，也不消停。把画着小人的纸来到前座女同学的辫子上，乘人不备掏男同学的胳肢窝，这样的调皮事，丁子做起来可谓轻车熟路，一点儿不含糊。丁子喜欢玩篮球，常常以自己能跑出漂亮的三步篮自诩。他还时常运球突破，急停跳投，篮球却没有飞向篮筐，而是"偏"向了场边，球准确地落在场边行走的女生的头顶，吓得女生发出尖叫，接着就是气愤的叫骂声。而丁子却哈哈大笑，称这是自己的神来之笔。

我找丁子谈话，可我还没说几句，丁子就给我"上课"了："老师，您说的大道理我都懂，您说了也是白说。爱玩爱搞点小恶作剧是我的天性，天性是不好扼杀的。您就别操心了。"听了丁子的话，我竟一时无语。

我下定决心，一定要"治理"丁子，而且我要以"智"取胜。要说和他玩智力，我对自己充满信心。

一天，我正在讲课，突然听到教室里有鸟儿鸣叫的声音。原来是丁子下课时到树林里捉了一只小鸟儿，带到了教室里。我当即决定，这节课的短文练习，就以小鸟儿为题，每人写一篇作文。丁子乐坏了，他没有想到我竟然没有批评他，还让大家来写鸟儿。他写得很认真，在本子上写短文时，嘴里不停地"吭哧"。后来我在丁子的作文里居然发现他写出了"小鸟儿是天使"这样的句子，我拍着他的肩说："写得不错。"丁子美得把眼睛笑成了一条缝，接着就当众无拘无束地跳起了踢踏舞。

学校组织的篮球赛开始了，我任命丁子为初二（三）班篮球队教练兼场上队长，让他放心大胆地去组织球队打比赛。丁子的优势项目得到了淋漓尽致的发挥。我发现，他还真有一定的组织能力，把球队管理得条条是道。当比赛打到后半程，我们班球队有望获得冠军时，我及时召开班会，对前半程的比赛进行总结，表扬了丁子，表扬了球队。这大大激发了丁子及全体队员的热情。丁子在场上更加活跃，像一只调皮的鸟儿，翻飞不止。我们班球队如愿以偿地获得了冠军。

　　我很高兴。丁子和队员们更高兴，还进行了小小的庆祝。可他们庆祝的方式，竟然是丁子请全体队员抽烟！我气愤地把他们的烟摔在地上，踩碎。我指着丁子的鼻子尖，厉声说："你记着，你抽掉的不是烟，而是你前面取得的所有成绩！你别忘了，我在课堂上讲过前功尽弃这个词！"

　　丁子虎着脸，闷了半天，突然说："老师，我服了。"

　　丁子依然像一只鸟那么活泼，那么调皮，偶尔还要搞搞小恶作剧，但是他学习的时候能稳住神了，成绩居然也有了较大提高。

【雪地上的眼睛】

　　厂坐落在辽东大山深处，这里属长白山余脉，山岭的另一侧，就是吉林省梅河口市了。

　　冬天，这里出奇的冷，入冬后下的第一场雪，就不会融化，要一直到第二年春暖后才能化尽。

　　由于工作的需要，我们一家3口要调离工厂，到位于渤海湾边一个美丽的海滨城市去工作和生活了，我也将告别学校，告别我带了快一年的初二（三）班全体同学了。

　　调动手续全办完的时候，山里已经下过4场雪了，举日望去，山川大地一派苍茫，视野里的一切都是银白色的，这不禁让我想起了"北国风光，千里冰封，万里雪飘"的诗句来。

　　为了不惊动同学们，我一直封锁消息。离校的时候，我没有和同学们告别，也要求同事们不要送我，一个人默默地走出了校园。

　　当我走到校门口时，我回头望熟悉的操场，望熟悉的教学楼，望教学楼二楼右数第三、第四个窗子。那是初二（三）班的教室。迈出校门的一刹那，我的心难受起来，一种难以名状的情绪像干冷的山风一样，一阵接一阵地在我的心里吹过。

　　家里的东西都已经装车运走了，我们一家3口就在工厂招待所住了一夜。第二天一大早，我们就要乘火车离开大山了。这一夜，我没有睡好，我总是反复想，我走了，我会想念我的同事，想念我的学生的。

第二天，天还没亮，招待所的值班员就敲响了我的房门。他说："你出去看看吧。"

我迅速穿衣，推开招待所"咯吱咯吱"响的大门。我一下子惊呆了。

招待所亮起的灯光把门前不大的一块空地照亮了，白花花的雪地上，齐刷刷站着一大群孩子。有一说话就脸红的韩聪，有调皮鸟儿丁子，有学习特棒的李聪慧……他们的脸一律是沉沉的，一眨一眨的眼睛里，流露出思念和依依不舍的目光。

我不知道他们在外面站了多久，早上割人皮肉的山风吹着他们嫩嫩的脸。他们的眼睛死死地盯着我，静静地站着，默不作声地站着。没有人跺脚，没有人用手捂脸，任凛冽的山风在他们中间窜来窜去。

我的心猛地翻了起来。

"老师……"韩聪说话了。可她只说了半句。

"我们来，送送您……"丁子说着，眼睛里流出了两行泪。

接着，同学们围上来，看着我。"老师……"他们轻轻地叫着，无论男生女生，都眼含热泪，韩聪和李聪慧已是泣不成声。

我也哭了，当着我的学生的面，无所顾忌地哭了。我搂着他们，一起流泪。我们的泪水流在了一起。

人是需要流泪的。而此时，我感到我们流出的，已经不仅仅是泪水了。

多年以后，我总是时常想起我在辽东大山里教过的那些孩子，想起那雪地上的眼睛，想起我们一起流泪的场景。

这是我的收获，我的财富，足可以让我享用一生的财富。

第五辑
月光下的篮球赛
CHENGZHANGDEGANJUE
ZHENHAO

成长的感觉真好

成长，像一个一想起来就心痒的精灵，总是悄无声息地在我们的身边溜走，正如悄无声息地来临……

——题记

【晚饭事件】

到了初三，我们就在学校住读了。

学校这样做，是为了使我们这些家离学校较远的学生能够把消耗在路上的时间节省下来，用于学习，值班的老师还可以给我们上晚自习。最终的目的只有一个，就是提高中考的升学率，多几名到县城去读高中的学生。

我们学校位于辽西一个挺平静、挺普通的村子里，四周有高高的用白石头砌起来的围墙。为了安排我们住宿，学校把两大间空房子收拾了出来。这两间房子在外面看上去很高大很有气势，而里面却相当简陋，用拳头在墙面上砸一下，就可以砸落一大块皮。两间空房子紧挨着，我们男生住一间，隔壁住的是女生。

一日三餐我们就在学校吃。学校没有食堂，只有一间灶房，我们从家里带来米，交到灶房，再交一些菜钱，学校找两个胖师傅，为我们做饭。

当时我们都很馋，包括女生。因为我们几乎吃不上肉，师傅煮的白菜总是苦巴巴的。那时家里都很穷，我们不敢有更多的奢望。

但馋，是谁也挡不住的。班主任于老师曾说：你们现在不可过多地想吃什么好吃的，只有熬过了这段苦，考上了大学，将来才会有好吃的。但我们对于老师的话置若罔闻。那时谁要是说自己不馋，我们都会认为他是个怪物。

后来张林给老师提了个建议。张林是体育委员，生得人高马大，篮球打得好。他只需带一个男生，两个人就可以打败我们5个人，从没失手过。人长得大，胆子也大，敢说话。张林说：买不起肉，就买一点儿粉条吧。上星期日我回家我妈炖菜时放了一点儿粉条，简直香死人啦！张林说话的时候，不停地咽唾沫，好像他的嘴里还弥漫着粉条的香味。这一来不要紧，我们都开始咽唾沫。女生斯文一些，悄无声息地咽。我们男生则无所顾忌，瞪着眼睛，咽出一片"咕咕"声。

学校真的采纳了张林的建议，胖师傅很快买来了粉条。

还没到吃晚饭的时候，我们早早就把饭盒准备好了。饭盒空洞洞的，像我们饥饿的嘴巴。

当我们把菜领到饭盒里时，谁都没有急于吃，而是用力嗅了嗅，先品一下粉条的香味，然后才细细地、慢慢地吃。全班同学竟没有一个人狼吞虎咽。

我们都有一种舍不得吃的感觉。

可很快就出了问题。先是一个女生尖尖地叫了一声，接着，就是张林夸张的叫声。

我也发现了问题。我突然感到嘴里的白菜和粉条有些异样，它们分明有些扎嘴！

大家都停了下来，仔细看饭盒里的菜时，才发现菜里面竟有玻璃丝！

没错，是玻璃丝！我们对这东西一点不陌生。我们学校就有一个生产玻璃丝的小工厂，在学校东围墙的边缘。我曾去过那里，也看到过生产的过程。工人们把洗干净的碎玻璃放到拔丝机上加热，待玻璃化成水之后，就可以拔出长长的、细细的丝来了。玻璃丝很白很亮，于老师说玻璃丝很贵，是建筑上用的一种材料。

可我们的菜里怎么会有玻璃丝呢？这东西是万万不可吃到肚子里的。眼看着放了粉条的菜吃不到嘴里，我们都觉得很可惜，接着就是气愤。我的同座班长苏小雪气得眼泪都在眼里打转转了。

我扔下饭盒，大叫大嚷：哭有什么用？走，我们找学校去！

苏小雪抖落眼泪，说：那……行吗？

苏小雪一问，倒让我愣住了。我一下子没了主意，不知道是不是应该去学校找领导。我看了看周围的同学们，大家都在互相观望。

张林说：为什么不行？这是我们的权利！

我们大家都端着饭盒，找到了教导处主任。

原来，灶房的胖师傅去买粉条时，用的是学校玻璃丝厂曾经用过的袋子，里面残留的玻璃丝就神不知鬼不觉地来到了我们的饭盒里。

后来主任表态，说一定严肃处理此事，并表示再去买粉条。

虽然没有吃上粉条，我们都很高兴，从主任办公室出来，我们有说有笑地走成一团。男生把饭盒叮叮咣咣地敲得山响，女生则叽叽喳喳说个不停，好像比吃到粉条还要高兴。

因为在这次晚饭事件中，我们学到了比粉条更重要的东西。

【红手套】

冬天是个鬼精的家伙，当家长把棉衣给我们送到学校的时候，冬天也就到了。我怀疑冬天是藏在我们的棉衣里混进校园的。

辽西的冬天总是干冷干冷的，风硬得像削铅笔的小刀，割人脸一点不含糊，麻疼麻疼的。

那一年，刚进冬日的门槛，天就早早飘起了清雪。

清雪，是我们最恨的雪了。它没有鹅毛大雪那么迷乱，那么有气势。如果你仰望天空，几乎看不见有多少雪花。但这细碎、稀疏的雪花却出奇的凉，风出奇的冷，让你从头到脚都可以感受到它的凉意，忍不住重重地打个寒噤。

一上午的功课，填得脑袋涨乎乎的，又闷又疼，肚子也叽叽咕咕地发起牢骚，好像里面有一百只兴奋不已的青蛙。

下课的铃声一响，我第一个冲出了教室。

今天轮到我值日。我要和另一名同学一起到灶房去抬饭菜。

由于灶房太小，无法容纳同学们就餐，所以我们吃饭，都是把饭和菜用大大的铝盆装着，抬到教室里来吃。

天冷得不行，我没有戴手套。不是不想戴，而是没有。虽然抬盆时手心里热烘烘的，但手背却被冷风哨得出奇地疼。放下饭盆，我张大嘴巴，不住地往手背上哈着热气，同时用力摩擦手背，眼睛望着窗外。因为我还得去抬一次菜盆。

这时班长苏小雪走了过来，碰了碰我的手。

我的面前，是一双火红火红的手套。

我犹豫了一下，望着苏小雪平静的脸。

苏小雪没说什么，只微笑着冲我点一下头。

我接过了红手套。

这是一双用红毛线编织的手套，织得很厚、很密实，挡住了冷风。

苏小雪的学习非常好。于老师选班干部的标准，第一条就是学习要好。苏小雪从我们上初一开始就当班长，就是因为她的学习好，哪次考试，她都是排在前面。我和苏小雪同座，在学习上她对我的帮助很大，所以我对苏小雪始终是很感激的。苏小雪在我们班女生中算不上是最漂亮的，但我固执地认为，苏小雪是最有魅力的女生。我一点也不怀疑我对苏小雪的好感。

现在我戴着苏小雪的红手套往教室里抬菜盆，心里美滋滋的。我甚至产生了一个奇怪的念头：要是我能永远戴着这双红手套，体味它的温暖，那该有多好啊。

可当我走进教室时，却突然感到气氛异常。同学们都盯着我，盯着我手上的红手套。张林放肆地发出难听的尖叫声，引得许多同学都发出"哧哧"的笑声。

苏小雪坐在座位上，脸红红的，连耳朵都红了，两眼慌得不知看着哪儿好。

我恍然大悟。

毫无疑问，大家在开我和苏小雪的玩笑，因为那双红手套。

我感到从未有过的尴尬，放下菜盆我的大脑里出现了空白，大家的笑声像窗外干硬干硬的北风，一下一下地抽我的脸。

我气愤地大叫：笑什么笑什么，是不是得了神经病？同时迅速摘下红手套，扔进了苏小雪的怀里。

扔完了，我就愣在了苏小雪面前。我看到她的脸上呈现出少有的吃惊，并停留了好久好久。

苏小雪哭了，哭得很伤心。我也没有吃饭。虽然我们同座，但我们之间的话明显比以前少了。

我的心里别扭极了，一次次深深地自责。

我知道，我伤了苏小雪的心。但我始终没有勇气面对这件事，没有勇气向苏小雪道歉。因为我不知道苏小雪会不会原谅我。

后来我放弃了道歉的念头。因为我感到，在不理智的情况下做出不理智的举动，不仅会伤别人的心，也会使自己失去很多很多。有了这样一个感悟，不是比道歉还要重要么？

几个月后，在那个火热的夏天，我们初中毕业了。

但那双红红的手套，却不会在我的记忆中消失。

愉快的晚餐

冬天一来，我们的宿舍里就要在晚上安排人值日了。

因为宿舍里生着一个火炉，如果没有人看管，它会熄火的。而且，也不安全。

值日生的任务，就是把火炉弄好，让煤燃得欢些，以保持宿舍内的温度。等同学们下了晚自习回来，好顺顺当当地躺下睡觉。

但要把火炉弄欢，并不是一件容易的事。虽然我们这些学生都是农村长大的孩子，干活不打怵，也不缺乏把火炉弄欢的技术，但我们常常是没有办法让火炉中的煤烧得旺一些。因为煤的质量不好。

学校没有多少钱，买不起太好的块煤。因为白天全学校各年级的教室里都要生炉子取暖，否则教室里太冷无法上课。晚上学生宿舍里也要生炉子，煤的消耗量比较大。学校只好买比较碎的煤。碎煤不如块煤好烧，但便宜。

这天晚上轮到我值日。同学们都到教室里去上晚自习了，我一个人坐在火炉旁，一边侍弄着炉子一边看书。

火炉里的煤烧得没精打采的，好像考试考砸了，一点儿也兴奋不起来。宿舍很大，四周就更显冷冷清清。我坐着，突然就觉得后背上有一丝凉风在窜，窜得我狠狠地打了个寒噤。电灯的光很昏暗，我的眼睛隐隐有点疼。我放下书，决定不看书了，弄一弄炉子。

弄炉子我没有多少经验，在家里我有哥哥姐姐，弄炉子这样的事一般轮不到我去做。我先加了些碎煤，然后上捅捅下掏掏，想把火炉弄旺些。然而事与愿违，炉子里凶凶地窜出一些浓烟，把我呛得不停地干咳，可红红的火苗始终不见踪影。我就猫下腰对着炉眼吹，结果累得直喘，也没有效果。我泄气地放弃了努力。站起身来后我才发现宿舍里已经聚积了不少烟，我推开门，往外面放烟。

在门外站着，我发现了操场另一侧的一个小房子里亮着灯。那是张老师的宿舍。张老师人挺好的，我们都不太怕他，和他说话很随便，有时甚至还敢和他开几句玩笑。张老师总是佯装生气，斥责我们几句。

我猛地想起，有一次我亲眼看见张老师宿舍旁边的小仓库里，有一堆又亮又大的块煤！

我拍了一下脑门，拎起土筐，就向小仓库溜去。

月亮很大，很亮，月光凉凉的把偌大的操场铺得满满的。我有点紧张，担心被人发现，那种做贼的感觉像月光下的影子一样一步不离地跟着我。我加快了步伐。

张老师的宿舍里灯亮着，但没有人。我把手伸进了小仓库里。

小仓库的窗户都破掉了，只剩铁栅栏。但伸手进去不成问题。不一会儿，我就抓出来半土筐块煤。

我好兴奋，身体一阵阵发紧，好像完成了什么重大使命。我拎着土筐刚要离开，又发现小仓库的屋檐下挂着几串黄澄澄的干玉米。我毫不犹豫地来了个顺手牵羊，小心地摘下了一串。

块煤果然好烧，我没费多少劲，就把炉火弄得旺旺的。火苗像欢快的小动物，不停地跳舞。我的心，别提多美了。

我把玉米粒儿搓下来，放在用圆铁板做成的炉盖子上，炒。

我把炒熟的玉米粒儿扔进嘴里，吃得很香，也很坚决。

每天我们上完晚自习回到宿舍里，大家都觉得饿了。但我们没有吃的东西，只有忍着，躺下来努力地入睡。

今天好啦，我们有充饥的东西啦，可以享受一次愉快的晚餐啦。

一串干玉米，大概有七八穗，都被我炒熟了，满宿舍里弥漫着的，是炒玉米粒儿那想不完闻不够的香味儿。

快下晚自习了，我把炒好的玉米分成两部分，一部分放在床上，另一部分放在旧报纸上。

我兜起旧报纸，拎着土筐，出了门。见四周没人，我在女生宿舍门上拍了两下。

女生宿舍里，值日的是班长苏小雪。

红手套的事使我在苏小雪面前变得一点自信心都没有，我不敢多说话，放下土筐，把报纸捧给苏小雪，说：这是炒玉米，给你们女生的。这是块煤。说完我就转身离开了。

下晚自习了，同学们叽叽嘎嘎地跑回来。一进门，大家就大叫起来。他们的鼻子真尖，一下子就闻出了炒玉米的香味。

张林喜喜地在我的肩上拍了一下，说：好小子，真有你的。

我高兴地说：大家快吃吧。

看着大家吃炒玉米那香香的样子，我的心里美死啦。

第二天，张老师找我们了解丢一串干玉米的事。但大家都齐声回答：不知道。

我悬着的一颗心，这才放下来。

张老师不再多问，在我的肩上拍了拍，没头没脑地说了一句：你们哪，是真的长大了。说完张老师走了，再没问过玉米的事。

我心里很清楚，精明的张老师一定知道偷玉米的是我了，却不再追究，我就觉得张老师很不简单。

大家也都有同感。

从此，同学们再也不跟张老师开玩笑了。我们都更加尊重张老师。

烛光里的微笑

有一段时间，整个校园里都停电。白天停，晚上也停。大家都觉得很不方便。

班主任于老师说，县农电局正在对农村电网进行改造，所以停电时间要在一周左右。

于是我们每个人都准备了几根蜡烛。

那真是特有情调特温馨特让人觉得心里发暖的场景。每当上晚自习时，每一名同学的桌面上，都燃起一支雪白的蜡烛，几十支蜡烛同时点燃，一闪一跳的，像星星雨。烛光没有电灯明亮，但正是这微弱的烛光，却为我们营造了一个特殊的氛围，使我们的心里一点点发痒，让我们不由自主地把呼吸放慢，把说话的声音放轻，拿文具盒翻本子都是小心翼翼的，怕伤了什么……

一个女生说：我好兴奋，我不知道这是为什么。

另一个女生说：我今天才知道，烛光比电灯光更有穿透力，我们快成透明的啦。

张林说：这么多烛光，让我有了一种神秘感。

苏小雪说：烛光就是跳动的小生命呢。

同学们都抒发了对烛光的感慨。

每一盏跳动的烛光，就是一只明亮的眼睛，正看着我们呢。在这众多的眼睛注视下，我们学习更加认真，精力更加集中了。我们都隐隐地感到，在烛光下学习，应该珍惜什么。珍惜什么呢？我们又一下子说不清。

白天，我们的生活内容没有任何变化，依旧是上课、下课、写作业。但每一个人的心里都多了一些内容，我们都在盼着一件事。尽管没有人说出自己的心事，但只要我们彼此对望一眼，就会亮出一个会心的微笑，表明我们彼此明白了对方的心思。

我们的心思，就是盼着夜晚早一点到来。

我们盼的，就是那一闪一跳的烛光。

我甚至天真地想，要是停电的时间再长一些该有多好啊。

在烛光下做题，我们的效率都非常高，错误率很低。

于老师不解地叨咕：真是奇怪，这些孩子呀。

烛光给我们带来的，不仅仅是学习上的收获，还使我们发现了以前不曾注意过的东西。

而我，收获就更大了。

那是停电的第四天晚上，我注意到苏小雪的蜡烛烧完了，而她在书桌里掏了好一阵，也没有掏出新的蜡烛来。

我知道她买的蜡烛用完了。

于是我从自己的书桌里拿出一根新蜡烛，点燃，立在了苏小雪的面前。

我做这些时脸上是平平静静的，心里也是平平静静的。

我觉得我应该这样做。更何况，我帮助的是苏小雪呢。

我平静地看了她一眼。

烛光中，苏小雪正冲我亮出她的微笑。

我的心猛地颤了一下！

苏小雪的微笑很真挚，很善良，让人心里发暖，让人无法拒绝。这微笑在烛光的映衬下，无疑是世界上最动人、最有魅力的微笑了。

这烛光里的微笑，表明苏小雪早已经不再记恨我了。她用微笑，告诉了我。

谢谢烛光。

谢谢苏小雪烛光里的微笑。

两天后，学校恢复了供电。电灯光比烛光明亮多了，可是我们在电灯光下学习，似乎总是有一种不踏实的感觉，仿佛电灯光永远无法像烛光那样，能给我们带来光明以外的东西。

有电了，我们却常常怀念烛光。

于老师对我们更加不解，连叨咕都没有了，只是摇头。

除了苏小雪，没有人知道我的心思。我在怀念烛光的同时，更加怀念那烛光里的微笑。

怀念的感觉，挺好的。

烛光里的微笑

转眼，中考就在眼前了。

真快，似乎是解一道题的工夫，我们的初中生活就要结束了。

班级里的几十名学生，来自不同的村子，中考一结束，除了几个考上县城高中的学生，大部分人都要回家务农了。可以说，大家再聚到一起，就难了。所以，随着中考日期的一天天临近，同学们的心里，反而不由自主地慌了起来，读书也读得不那么专心，常常是手里拿着书和笔，人却呆愣着，心思，早跑了。

上完晚自习，同学们回到宿舍里，没有了平时的说说笑笑打打闹闹，每一个人都是闷闷地做自己的事情。躺在床上，没有人说话，还没到学校规定的熄灯时间，就早早闭了灯。

躺着，其实大家谁也没有睡着，都是一会儿左一会儿右地翻身。

窗开着，窗外的操场上一片寂静，远处的村狗偶尔发出一两声闷闷的吠叫，悠悠地传过来，衬得夜更加宁静。

活泼的只有月光。那是最具魅力的月光。

操场平展展的，占据它们的，是月光。月光并不张扬，并不喧哗，悄无声息地在操场上走，把每一寸地方都印上了自己的脚印，让它们闪起银色，漾起水一样的波。那是让人看一眼就盈满整颗心的银色的波呀，一涌一涌的，推来搡去。操场不够大了，算上周围的房子和一排一排的教室，还是不够大。月光就小心翼翼地把头伸进了我们的宿舍。不需敲，窗子就开着呢，月光也就不再犹豫，也没有客气，一点一点地挪上来，挪到窗台上来。一定是月光看见我们在床上躺着了，就轻轻地爬过窗台，调皮地用柔柔的手指撩拨我们的脚丫。嘻嘻嘻，哈哈哈，真痒！

　　我们躺不住啦，我们怎么努力也躺不住啦！

　　张林第一个坐起来。他拍着手说：我提议，我们来一场篮球比赛吧。

　　没有人不响应，更不用表决。我们一股脑地涌出了宿舍。

　　哇，操场上好亮呀。有月光这么热心的好朋友来帮忙，赛一赛篮球，一定很有趣。

　　张林坚持还是按原来的老规矩办，他带一名男生，与我们5个人比赛。

　　一场月光下的篮球赛，正式开始了。

　　我们在操场上跑呀跳呀，叫呀笑呀，把篮球赛变成了无所顾忌无忧无虑的表演。我们没有任何思想负担，完全放开啦。因为有月光呢。在月光下，我们好像都变成透明的了。

　　站在场外的同学们，也都没有沉默，叫着喊着为我们加油。

　　我们努力地抢着篮球，投篮时，不管球进没进，都要喊一声，而且故意把声音弄得高高的，尖尖的，好像是为自己叫好，又好像是在感谢月光。

　　这次篮球赛，是我上中学以来，参加的最开心的一次篮球赛。

　　在月光下进行篮球比赛，本身就是一件不同凡响的事情，能不开心吗？

　　不知什么时候，女生也出现在了操场边，她们也被这场月光下的篮球赛所吸引，所感动，与其他男生一样，又跳又笑，又喊又叫。

　　月光下的操场，成了我们尽情欢乐的殿堂。

　　我们实实在在地欢乐了一回。

　　比赛的结果，是张林他们输了。这在以前是从未有过的。

　　张林似乎很高兴，坐在篮球上，笑嘻嘻地对我们说：祝贺你们赢了球。

　　但接下去张林不笑了，他轻轻地叹了一声，说：我估计我考不上高中，不能到县城去上学了。咱们同学一场，临分手时，赛这一场篮球，算是个纪念吧。希望你们考上了高中考上了大学，还能记着我，记着这场月光下的篮球赛。

张林勾下头，不再说话，只是肩有些晃。

我们都站着，谁也没有发出声响。

月光也没有发出声响，静静地看着我们，一颤一颤的。

月光一定是在感叹我们都长大了吧！

月光一定是在为我们长大而高兴吧！

第六辑
亲亲女儿河

CHENGZHANGDEGANJUE

ZHENHAO

月光纸鹤

　　黄昏抖着暗色的长衫悄无声息地降临，将安静的小城一点点罩了。四周暗了下来，只有月亮，默默地亮着，默默地在小城的上空行走着。

　　我也默默地行走着，走在大街上。我长久地看着月亮，很专注。

　　我读过许多写月亮的诗篇，作家和诗人都不厌其烦地把世界上最美丽的词汇献给月亮。我也很真切地感到，月亮的确是那么美好。只是……只是今晚的月亮，有了一点点不同，浑圆中带着丝丝清淡，皎洁中透着缕缕忧伤。

　　我不知道为什么会有忧伤的感觉，但是我知道，这和眼前的月亮无关。

　　我看着月亮，走得很慢，一点也没有想到会遇到他。

　　他迎面走过来，和他的两个同学。他们边走边说笑，快活而开心。

　　他应该快活和开心，因为他在刚刚结束的高考中以优异的成绩考入了北京的一所重点大学。

　　看见独自望着夜空的我，他愣了一下。随即他热情而自然地与同学挥手道别，一步步走到我的面前。

　　我发现他的脚步像月亮一样轻盈。

　　一条不宽的街，几棵静静的树，一枚圆圆的月亮。我和他静静地站着，站在今晚这个略显奇特的舞台。

　　"与君对坐成今古，尝尽冰泉旧井茶。"我突然就想起了这句诗，并轻声吟诵出来。

"什么？"他看着我，问。

我浅浅地笑了一下，说："是清代诗人施润章的诗句。"我感到我的笑一定很淑女。

"我没有读过。"他也笑了，只是笑得有些不自然。

我开学就读高三了，比他低一届。一个高三的女孩子喜欢古诗文，并在惜时如金的高中生活中舍得拿出一些时间去读那些深奥的东西，这让很多人不理解，还引来了许多疑惑的目光。

但我不在乎那些目光，依旧喜欢得很执著。

因为喜欢古诗文，使我与他有机会相识。那次演讲，我在自己的演讲稿中很恰到好处地引用了几句古诗文，让他羡慕不已。演讲一结束，他就兴冲冲地跑来向我讨教。

全校有名的尖子生，女生公认的大帅哥向我讨教，这可不是件小事呀，也让很多女生既羡慕又嫉妒。我的心，美得快要飞了起来。

要命的是他居然管我叫"小丫头"，让我晚上狠狠地失眠了一回。

我一点不怀疑，自己很喜欢他。我也不愿意浪费这种喜欢，很奢侈地给他写了一封信。

只是，那封信我一直没有送给他。我不想惊动其他人，自己又始终没有单独和他在一起的机会，那封信，现在就在我书包的最底层压着。

"今天能遇到你，很高兴。"我垂着头，一下一下地摆弄着书包带。"因为我想当面对你说，祝贺你考上了重点大学。"我在努力掩饰自己心底的一丝慌乱。

"谢谢你。"他笑了，还情不自禁地搓了搓手。他的笑自然多了。

"我……还给你写了封信。"我用力说出这句话。这句话我早就想说的，只是直到今天才有机会。

他还在搓手，似乎在等着我把信拿出来。

我发现他搓手的动作很笨拙，也很有意思，让我忍不住想笑。但是我没有笑，怕他感到难堪。我把那张纸拿了出来。

那是一张普通的稿纸，已经在我的书包里放一段时间了。

但是我并没有把信递给他，而是仰着头，看了看他。

月亮的光辉把他的脸照得清清亮亮，棱角分明。

我说："这封信压在我的书包里，其实是压在我的心上，很沉重。"

他似乎明白了，望了望月亮，说："小丫头，你看月亮，多纯洁。纯洁的东西才美好。我们追求美好的时候，千万不要破坏了纯洁，这样才是真正的美好。世上的事情大概总是这样，当我们为自己有所获得而沾沾自喜的时候，我们却正在失去我们原本极不愿意失去的东西。"

我看到他的眼睛里荡漾着清清的水，一枚月亮一晃一晃地在水中间亮着。

我用力点了点头。我感到，他说得真好。

不大一会儿，我手里的纸，就被折成了一只鹤。我很小的时候就跟奶奶学会了折纸鹤。

我把纸鹤递到他的面前。"送给你，一只鹤。它不是一封信，而是一只月光纸鹤，代表着一个女孩子对你的真心祝福。"

他很开心地接过去，举到眼前端详着。

月光照在纸鹤上，闪着亮亮的光泽，看上去纸鹤像是要翩翩起飞。

我说："所以请你不要打开它，不要看上面写的内容。永远都不要打开，不要破坏了这份纯洁。"

我说话的声音很轻，像是怕惊扰了月亮。

他点点头，很郑重。

我们挥挥手，各回各家。

我发现我走路一点声音也没有，静静的，默默的。

夜空中，月亮也在默默地行走着。

我觉得自己应该发出一点声音。这个时候，我的确应该发出一点声音的。

于是我冲月亮招了招手，笑了。

我发出了"咯咯咯"的笑声。

我的笑如同翩翩飞舞的月光纸鹤，一派轻松。

露天电影

村部前的那个小广场是我每天上下学的必经之地，每当我看到村部房檐前立着两根高大的竹竿，就知道今天晚上要演电影了。

这是个令人兴奋的消息，我大多会跑进村部，问一问即将上演的是什么电影。因为我的父亲在公社做事，放映员对我总是给予一些关照，把影片的名字告诉我，而不是打出一串不耐烦的手势。这使得我在兴奋的同时又有了一份得意。我常常向小伙伴们卖一卖关子，直到他们露出可怜巴巴的样子求我，我才肯大声说出电影的片名。

早早来到小广场上准备看电影的大都是孩子，一来可以早点占据一个好位置，二来可以利用电影开演前的时间尽情地玩耍一番，把看一场露天电影给他们带来的欣喜好好表现出来。有一次放映员把二角钱递给我，求我去帮他买一盒烟。我知道这是他与我父亲熟悉的缘故，我就很乐意帮他这个忙。我一路小跑着来到几百米远的杂货店，花一角八分钱买了烟。当我把烟和剩下的二分钱递给正在往竹竿上挂银幕的放映员时，他竟然十分大方地只收起烟，而把那二分钱送给了我！我从没有过零花钱，这二分钱让我兴奋无比，我把钱牢牢地放进衣兜里，一步三跳地跑进人群，想把这个天上掉下来的好消息告诉每一个人。可是我谁也没有告诉，手始终捂着那个装着二分钱的衣兜。

天渐渐暗下来，小广场上的人越聚越多。他们都带着小木凳，奢侈一点的还要带来小小的棉垫，免得小木凳坐久了屁股疼。谁都希望占据中间的位置，这样看电影的效果会好一些。于是就不可避免地发生一些争执，谁挤占了谁的地方，谁碰倒了别人的凳子。更有的人连小木凳也不带，在拥挤的空间里选个位置，一屁股坐在地上，再不起来，任旁边的人斥责甚至谩骂，就是不动身。有些来得晚的，见再无方便的地方可坐，就叼咕一句什么，迈着四方步踱到银幕的后面，有些孤傲地坐下来，准备欣赏"左撇子"电影。

电影机放射出的光线坚硬而明亮，打在悬挂起来的银幕上，就好像打开的一扇窗，可以一直通向天堂。音乐声会随之响起，原来的嘈杂声就渐渐消退，小广场变成了一个讲述过去故事的地方。我坐在人群中，仰着头盯着那有魔力的银幕。我在这个有魔力的银幕上认识了挎盒子枪的李向阳，看到了身子坐得无比挺拔的吉鸿昌，还以一个孩子的视角在懵懂中揣摩过我们村里的年轻人之间演绎的爱情故事。有些电影我不止看过一次，对其中的情节也熟稔于心，随着电影情节的推进我可以准确地说出下面的情节和台词。我曾在看《地道战》时冲我身边的小伙伴模仿汤司令，瞪着眼睛歪着脖子跷着大拇指说：高！实在是高！引得小伙伴差一点儿将我推倒在地。电影在放映过程中是要停下来的，放映员要换另一盘胶片，不知谁家的淘小子不肯到人群的外面去尿尿，把一大泡尿悄然撒到了地上。于是尿水像一条兴奋的蛇蜿蜒向前，流到了一个女孩子的脚边。偏偏女孩子胆小，恍惚中看到地上有一条暗影爬过来，吓得失声惊叫，身下的小木凳也翻倒了，惹出一阵骚乱，接着就是弄清真相后发出的一连串骂声。当银幕上的故事继续讲述的时候，一切又都归于平静。

电影演完了，小广场上出现了一阵混乱，人们纷纷拿着小木凳说笑着散去，有的年轻人还会学电影里的人物，扭扭歪歪地表演台词。刘家七婶发现自己的孩子不见了，慌慌地在人群中窜来窜去，尖声呼喊着孩子的小名。我常常是夹在人群中，慢慢地走。我喜欢回味刚刚演完的电影，回味电影讲述的故事以及电影中人物的命运。我不知道自己为什么会这样做，小小年纪为什么会想那么多的事情。大概是我过于愚钝，要慢慢想，慢慢回味，才能理解这个故事以及故事中的人物吧？当我从小广场走回到自己家门前时，才大吃一惊。因为我衣兜里那二分钱不见了。我站着，一次次地摸，把每一个衣兜都掏一遍，还是没有找到那二分钱。我不觉有点沮丧。但我很快就好了，我并不奢望自己真的能拥有那二分钱，只要它能给我带来一些兴奋就行了，正如看这一场露天电影一样。尽管这兴奋很短暂。

那是一个物质与精神生活都十分匮乏的年代，多年以后，当我回忆起那段时光，发现那一场场露天电影，是最值得我回忆的细节，一场露天电影就是一场盛大的节日，正如那乡村寂寞漆黑的夜晚蓦然亮起的银幕，经过时间的浸泡不但没有锈蚀，反而变得更加耀眼，至今仍在我的生命里熠熠闪光。

亲亲女儿河

【摸鱼】

星期天，我手里拿着书，眼睛却瞄着娘。趁娘到院子里"咕咕咕"唤母鸡的工夫，我像一只机灵的猫，悄无声息地从后门溜了出去。

我一窜一窜地跑，快活得像一只小鸟。

来到小胖家门外，我鼓起嘴唇，"汪汪汪"学大黄狗的叫声。门"吱"地一声响，小胖探出了头。来到虎子家，我挡着嘴，"喵——喵——"地学小花猫，虎子一下子从屋里跳了出来。

"走呀，摸鱼去！"我一声喊。

我们站着排，顿着脚，喊着号子来到女儿河边。

河水平展展的，一点波澜都没有，像一块大玻璃。太阳也喜欢女儿河，不厌其烦地把光线投过来，把河面照得明明亮亮的。

女儿河里的鱼真多，可我们最喜欢的，是白漂儿鱼，它身体修长、匀称，像女生头上的辫子。它的肉特别细，有一种特殊的清香味儿。

我指挥虎子到下游往上赶鱼，我和小胖站在河水里，各守着一片河面，守株待兔。

白漂儿鱼喜欢往水草下面藏，虎子一赶，鱼就纷纷游上来，钻到水草里。

我和小胖开始忙碌了，瞄准水草下面白漂儿鱼一摇一摆的灰尾巴，张开双手，屏住呼吸，悄悄地凑上去，凑上去。突然合住双手，鱼就在手心里跳了。一条，两条，我们摸得真开心。

　　远处，谁的娘正尖着嗓子喊孩子的乳名，河滩边吃草的羊一声接一声地叫，水鸟把翅膀扇得"扑扑"作响。可我顾不上这些，继续摸鱼。女儿河里的鱼，多得摸不完，网不尽。

　　太阳偏西了，我们提着鱼篓，唱着湿漉漉的歌回家了。

　　女儿河不仅让我们收获了鱼，也使我们学到了课堂上学不到的东西。

　　吃晚饭的时候，桌上就飘起了鱼香。爹乐得捏起了酒盅，娘没有因我溜走而跟我凶，只是摸了摸我的头。

　　我嘴了含着鱼，佯装镇静，努力使自己不笑出声。可任我使劲忍，还是没有忍住。

　　我"扑哧"一声笑了。爹娘也都笑了。

　　原来笑也可以传染。真逗！

【嬉水】

　　夏天一到，女儿河就成了我们撒欢儿的最好去处。

　　我们喜欢女儿河，我们亲近女儿河，将身体一点一点地浸进女儿河里，皮肤就痒痒的，心也痒痒的，那感觉，真是美得没法说。

　　那个叫做距离的东西，早被我们用弹弓射得远远的了。

　　脱了衣服，我们赤条条地隐进河水里，嘴上还要发出尖尖的叫喊声。

　　到了水中，我们就成了快活的鱼。

　　我们变得花样儿地游戏。打水仗，藏猫猫，玩接力，有趣极啦！

　　打水仗要勇敢。对方越是使劲往你的脸上撩水，你越要努力向前。你要把头偏过来一些，把眼睛眯起来，避开对方的水花，这叫保护自己。你还要双手不停地撩水，向对方撩水，凭着感觉把水撩到对方的脸上。这叫攻击对方。对自己最好的保护就是进攻，这是我们玩打水仗时总结出来的。有一次我把这个感受写进了作文里，班主任于老师还给我判了个"优"呢！

　　藏猫猫要机灵。我们憋一口气，将身体隐在河水里，就藏起来啦。但光藏好自己不行，还要在水中隐蔽地运动，离"老家"近一点，再近一点。这时需要一个人主动跳出来"自我牺牲"，吸引找人一方的注意力，其他人就可以迅速移动，成功地回到"老家"。这一招是小胖发明的。小胖爱看书，懂的事情比我们多，我们都很佩服他。每次玩藏猫猫，当轮到小胖找人时，我们都争着抢着当"自我牺牲"者，为的是让小胖抓住我们的胳膊，冲我们"咔咔"笑。

玩接力要团结。大家分成两伙，定好起点和折返点，就可以玩了。折返点这个词还是我们在小胖家的课外书上学来的呢。比赛时除了每个人都要全力以赴地游泳之外，很重要的一点就是要配合默契。两个人交接时要拍3下手，转3圈。在水中转圈，身体漂，很容易倒下。一旦身子倒在了河水里，那就必输无疑。所以转圈时我们要手拉着手，嘴里喊着口号，保持步调一致。

突然有人喊："不好，老师来啦！"

班主任于老师是女的，身边还有几个女生。我们忙憋足一口气，将身体全部隐进水里。是什么东西在脚边一拱一拱的？嘻嘻，真痒！一定是爱趴在河底的花尾巴鱼。我憋不住，一下冲出水面。河岸上于老师笑了，女生更是笑得前仰后合，笑声清清脆脆的。我索性把头露在水面上，不再藏，冲于老师和女生亮出满不在乎的笑。

大家都露出头，冲岸上满不在乎地笑。

男子汉嘛！

【栽树】

春天，我们到女儿河河滩上去栽树。河滩上有许多地方是沙土地，只生长着矮矮的草，却没有一棵树。

于老师说，栽树是功在当代，利在千秋的事。

于老师还说，前人栽树，后人乘凉。

小胖说，栽下一棵树，就是栽下了一个希望。

小胖说话特像哲人，真好。

河滩上的沙土不太好挖，因为里面有不少石头。我们男生努力地抡镐舞锹，手都震疼了。

虎子劲大。虎子说："不好挖的地方先放下，我来挖。"我们大家就都十分感激虎子，亮着白牙冲虎子笑。

于老师也表扬了虎子。

虎子干得特起劲，好像他真的一点不累似的。

其实栽完树我看到，虎子的手裂口了，渗出了血迹。

女生们把绿绿的树苗一棵一棵地放到树坑里，我们挥锹填土，踩一踩，做出一个圆圆的小坑来。其他人用水桶从女儿河里拎来河水，小心地浇到树坑里。

一片嫩绿嫩绿的树苗，就在女儿河河滩上站好排啦，比我们进行队列比赛时站的排都整齐。

虎子说："栽好了树苗，我们就可以和小树比赛，看谁长得快啦。因为我们和小树，是一样的呀。"

大家都说，虎子说话也像哲人啦。

虎子竟有些不好意思，挠着脑袋，"嘿嘿嘿"笑。

于老师说："虎子说的一点不错，你们和小树苗，真的是一样的呀。"

接着于老师好像是对我们说，又似乎是自言自语："只有精心呵护，才能茁壮成长啊。"

真的呢，栽了树苗，我们就多了个心愿。愿我们和小树苗一起，茁壮成长。

我们喝女儿河水一点点长大。小树苗也喝女儿河水，也会一点点长大的。

我们都盼着小树苗早点长大，长成大树。

因为到那时，我们也长大啦。

【对话】

在女儿河边，能和谁对话呢？你可以猜一猜。

对啦！是鸟！算你聪明。

女儿河不仅养了我们，也养了鸟。女儿河同样是鸟的家。

你只要往女儿河河滩上一站，就可以看到各种各样的鸟儿在飞来飞去，可以听到优美动听的鸟儿的歌声了。

女儿河上的孩子，都会和鸟儿对话。

我们常常在河滩边的林子里穿行，追寻鸟儿的踪迹。取一片树的嫩叶，含在嘴里，就可以发出和鸟鸣一模一样的声音啦。我们不止一次坐在树下，仰着头，与树林间的鸟儿交谈。有时一谈就是一节课的时间。

与鸟交谈真是一件开心的事。鸟歪着头，眨着眼的样子真好看，好像是美丽的天使。

我说："你好，你看上去真快活。"

鸟说："当然，拥有了女儿河，我就可以随心所欲了，可以想飞多高就飞多高，简直快活极啦。"

我说："你不用考试，让人羡慕。"

鸟说："可我有更重的任务呢，我得去捉树上的害虫。"

我说："你敢飞到很远的地方吗？"

鸟说："怎么不敢。有一次我飞到了很远很远的地方，看到了一座美丽的城市。"

我说："城市是不是特好？我没去过城市，只在电视里见过。"

鸟说："城市可好了，有高楼，有公园，有汽车，有花花绿绿的商店。"

我说："你要是能带我去城市就好了。"

鸟说："这……我也背不动你呀。去城市，只好你自己想办法啦。"

与鸟对话，使我的心里有一个愿望开始萌芽了。

于老师说，鸟是人类的朋友，她不允许我们捕鸟。其实，于老师不要求，我们也不会捕鸟的，女儿河滩上的孩子都懂得这个规矩。

因为我们每个人都心里装着那个愿望，盼着将来有一天，能和鸟一起，向着远方的城市，快活活地飞……

状态一种

中年教师刘哲一定没有想到他会成为我们这篇小说的主人公。

此时我们的主人公正加入走进故宫博物院的人流。这是他难得的休息日之一。说难得，是因为他的休息日几乎都被各种各样的补习班和提高班给占用了。还有，他的妻子和女儿需要他的关心和照顾。作为一个男人，尽丈夫和父亲的责任是他任何借口都推脱不掉的事情。今天稍稍有点特殊情况，他的妻子和女儿到他的岳父岳母那里已经一个星期了，今天回来。于是他推掉了白天的全部补课任务，要到车站去迎接她们母女俩。由于时间还早，他就走进了故宫。

刘哲走进故宫并没有做仔细参观的准备，他只是想转一转。他想到自己已经很长时间没有来过故宫了，应该进去转一转。在故宫大门口，他这样一想就毫不犹豫地买了进门的门票。

故宫里展出的属于若干年前的物品很多，而且作为皇帝用过的物品本身就对平凡百姓有一种无法忽视的吸引力。人们总是对自己没有见过的东西感兴趣，更何况这些东西是皇帝用过的呢？皇帝可不是个普通人哪。

不知不觉中刘哲就转到了一个很吸引人的地方。他看到人们正站着队静静地等着，前面，是一个模拟皇帝当年上朝的地方，金光闪闪的龙椅和巨大的背景制作得十分精细逼真。人们正一个接一个地将一套皇帝才穿的龙袍穿在自己的身上，然后坐到那把象征权力与威严的龙椅上，照一张相，以此留下个纪念，也体验一次做皇帝的滋味。

刘哲突然想到自己也应该在这里照一张相，照一张相嘛，人之常情。他看看表，就在队伍的后面站了下来。

等待照相的人不少，队伍很长。但照相的速度也很快，一人接一人地上，照相机上的闪光灯过一会儿就闪一下，让等待的人们看到了希望。

刘哲看着上去照相的人，心里想，想做一次皇帝的人还真不少，其实不就是一件衣裳嘛，穿了脱，脱了穿，说到底，还不是一件赝品？真正的皇帝穿过的龙袍是只能看不能穿的。

咳，人哪！他的心里发出一声感叹。

很快就轮到了刘哲。他想脱去身上的西装，服务员却制止了他，并帮助他迅速把龙袍穿在身上。刘哲这才注意到这件用于照相的龙袍很肥大，穿上身时是不用脱去自己的外衣的。

龙袍上了身，刘哲就感到自己似乎在一瞬之间就变得威风凛凛神圣不可侵犯了。龙袍的威严使人也变得不同往常了，精神也为之一振。龙袍毕竟是龙袍，有别于普通的服装。

从铺着红地毯的台阶向龙椅上一步步迈去的时候，刘哲故意走得很慢。他感到自己正在走进一种全新的状态，仿佛自己的身后有一群俯首叩头的臣子们正在山呼万岁，仿佛自己真的成为至高无上的皇帝了。

坐在龙椅上，他平静地看了看下面排着队等待照相的人们，深深地吸了一口气。照相的小伙子说了些什么他没有听清，他觉得自己的脸正从未有过的严肃，下颌微微扬起，以前照相时自然而然流露出来的微笑此时却怎么也找不到了，一种做了皇帝的感觉正笼罩着他，支配着他。

闪光灯匆匆闪过，使教英语的中年教师刘哲完成了一个过程。

从龙袍里钻出来，刘哲恢复了常态。他抖了抖身上的西装，看了看腕上的表。看了表他就迈腿向外面匆匆地走。时间不多了，去晚了，就赶不上妻子和女儿坐的那趟车进站了。他想。

不珍惜时间的女孩

"这样是很可怕的，我们必须改变她。"妈妈的决心下得不容怀疑。

爸爸说："当然，得想个办法。"

电视机被关掉了，一定是妈妈干的。她说："穿一件衣服要3分钟，洗脸最少也要4分钟，整理一下书包得10分钟，吃一顿饭居然用去了半个小时！跟蜗牛差不多了，这样不珍惜时间，能适应节奏越来越快的现代社会生活吗？唉，我们怎么养了这么个女儿。"

"还不是跟你学的？你哪次出门前化个妆不是让我等得像驴拉磨一样团团转？"爸爸有点幸灾乐祸。

妈妈没有还嘴，只是拉写字台抽屉时有点冲动，声音挺大。

女孩坐在自己的房间里，清楚地听到了爸爸妈妈的对话。她"哧"地笑了一声，还吐一下舌头。

果然，妈妈给女孩拿来了一张时间表，内容写了满满两页纸，显示了她要彻底改变女孩不良习惯的决心。

妈妈给女孩的每一个活动内容都规定了严格的时间。比如早晨起床穿衣服2分钟，洗脸1分钟，刷牙3分钟，吃早点8分钟……一直到晚上上床睡觉。妈妈还整理出了每一部分生活内容的总体时间，从宏观到微观都考虑安排得井井有条。妈妈要是当了领导，她手下的人准得……累死！

女孩就抿着嘴，白了妈妈一眼。

爸爸的态度有些暧昧，小声说："你应该考虑你妈妈的意见。"

妈妈往女孩房间的墙上贴时间表时，女孩偷偷地冲爸爸做了个鬼脸。

事实上妈妈的时间表并没有起作用，女孩仍然是一点儿也紧张不起来，跟原来差不多。

面对爸爸的不解，妈妈的愤怒，女孩给自己找原因："要改变已经形成的习惯，谈何容易！"

爸爸首先不攻自破："当初我就认为你这么做不会有效果的，你总不会把她要做的每一件事情都规定出具体的时间吧？要让女儿珍惜时间，必须得从根源上做文章，使她在主观上对时间的重要性引起高度重视。也就是要让内因起作用。如果内因不起作用，外因的作用再大，也不行。这是马克思主义哲学的基本原理在现实生活中的具体运用。"

爸爸真是个合格的党校教师，三句话不离本行。

妈妈知道自己讲不过爸爸，就避其锋芒，转守为攻："那，你有什么好办法？只要能让女儿改变不良习惯，真的珍惜时间，我天天给你做红烧肉吃。"

爸爸特爱吃红烧肉，每次妈妈做红烧肉，他都吃得特卖力气，连下巴上都是油。

爸爸就看了看女孩，咧着嘴做了个鬼脸。

爸爸和女孩进行了一次很重要的交谈。妈妈看上去不想听，忙这忙那，可实际上，她恨不得自己的耳朵能立起来。

爸爸说："不珍惜时间，干什么事情都磨磨蹭蹭的，是一个看上去没什么，实际上非常糟糕的习惯，会使你要做的许多事情不能及时去做。"

爸爸说："时间的脚步从来都是不等人的，不管你愿意不愿意，喜欢不喜欢，它都不停歇地向前走。"

爸爸说："会有效地利用时间的人，才是会生活的人。"

爸爸说："浪费时间，等于浪费自己的生命。"

爸爸说："……"

女孩知道爸爸能说，讲起大道理来，比市长都有条理。可女孩听得很没有味道，像嚼一个放久了的干巴馒头。

为了强化教育效果，爸爸还买来了一个石英钟，挂在了女孩房间的墙上。

其实女孩很希望爸爸的努力能产生好的效果，她喜欢爸爸，她不愿意使爸爸失望。可是，她还是管不住自己。

尽管爸爸对自己很自信，女孩做事情仍然爱磨蹭。

妈妈有些泄气。

爸爸有些失望。

连女孩自己都对自己没有了信心，对爸爸妈妈说："我会不会变成一个坏女孩呢？"

妈妈想了半天，恶狠狠地说："你要是再不改掉坏习惯，我……我就动手打你！"

女孩吃了一惊。

爸爸把女孩搂在怀里，说："谁也别想打我的女儿。别怕，爸爸帮你。要改掉坏习惯，不是一朝一夕的事，得慢慢来，循序渐进，从量变到质变……"

妈妈多了一些唠叨。

爸爸多了一些叹息。

第二天，爸爸妈妈还没起床，女孩就爬了起来，冲动地敲门。

"爸爸妈妈快起来！"

妈妈吓一跳，披头散发地跑出来。

爸爸吃一惊，慌慌张张地跑出来。

"怎么啦怎么啦？"他们不约而同地问。

女孩兴奋地把爸爸妈妈拉进自己的房间，用手指着墙上的石英钟："你们听。"

3个人侧耳倾听。石英钟转动的声音很轻很轻地响着。

女孩说："听，时间在走动的声音。多清晰。我听到了。"

"我听到时间走动的声音啦！"女孩喜喜地跳了一下脚，把拖鞋都甩掉了。

爸爸和妈妈面面相觑。

女孩变了，真的变成了一个珍惜时间的女孩。

爸爸妈妈为此不止一次地面面相觑。

后来他们不面面相觑了。

爸爸说："哲学的真实性。"

妈妈说："真高兴能天天为你做红烧肉。"

春天的情节

　　林子里很闷，春天上午的阳光正聚精会神地穿过榛树和柞树宽大的叶片，把挤满青草和山菜的一面坡撕扯得支离破碎。空气稠得像粥一样，臭小子张大嘴巴用力地喘，仍觉得气不够用。他嘟嘟囔囔地骂了一句，仰头望天。天上很干净，看不见一块可以遮挡阳光的云团。臭小子看得眼睛有些疼，便站起身，努力地把头伸出树丛的外面。

　　正是上课时间，他独自一个人来到女儿河后山上。他没有请假，他根本没有把小个子校长和瘦瘦的班主任老师放在眼里。他知道自己是整个学校出了名的坏学生，谁见了谁躲，谁也拿他没办法。连小个子校长都被他气得哆哆嗦嗦。

　　太阳在不知不觉地向中天飘来，他迅速地在林子里钻来钻去，野猫一样。筐里的山野菜渐渐多起来。这时汗水已经把衣服润湿，蛇样紧紧地包裹在皮肤上，弯腰伸手都不顺畅。他索性脱了上衣，穿着背心继续在林子里钻。终于，他采满了一筐山野菜，有蕨菜、猫爪子，还有刺嫩芽。

　　臭小子疲惫不堪地走出浓密的林子，白花花的阳光便针一样扎他的眼，很疼。他闭着眼站了一会儿，寻一处开阔的山坡，坐在一块青石上歇息。这儿树少，可以望见坡前蜿蜒流淌的女儿河。似乎有一些风在柔柔地吹，直沁肺腑。臭小子觉得身上有了凉丝丝的感觉，说不出的舒坦。他埋下头用手重重地擦擦脸，把目光放得长长的，越过女儿河，望。这里是女儿河后山的坡地，地势高，可以很容易望到村子。村子很小，斜斜地蜷在女儿河的边缘，很安静，呈现出灰灰的色彩，像一只休息的野兔。他的家就在这个小村里，靠东边的第二家。臭小子试图望到自己家的红屋顶，可他脖子都伸疼了，也没有望到。想到家他就看了看筐里的山菜，心沉沉的。爹正等着呢。

但是臭小子望到了学校。学校坐落在村子的边缘，面对着女儿河。那个像面饼一样白亮亮的平地，就是学校的操场。远远地望过去，操场很小，真的像一块面饼。

臭小子就咽了一口唾沫。好久没有吃过面饼了。娘去省城打工，已经好久没有回来过了，他和身体虚弱的爹在家。爹的身体特别虚弱，说话都是有气无力的。眼看着村里很多人家建起了漂亮的北京平，可他家的房子还是红土压出来的屋顶，低矮、刺眼。村主任曾说，家里有一个药罐子，日子就别想红火。可要强的娘不服气，决定到省城去打工挣钱。

操场上，有学生蚂蚁一样跑来跑去。他们正在上体育课。

那是村小学，臭小子上学的地方。

臭小子重重地吐出一口气，有点像叹息。他收回目光，放平身子，躺在草坡上。他长长地伸了个懒腰，将眼睛眯起来。他突然觉得劳动之后的舒坦与惬意果真是很美好的。以前只是听人家说起过，今天还真的第一次亲身体验。

一条蛇正从身边的柞树上缓缓地往下爬，样子很安详。臭小子却感到有一种危险正在悄悄地逼近，他翻身坐起，双眼紧紧地咬住那条小青蛇。它爬得很慢，身子顺着树木伸展开。臭小子手一触地就摸到了一块石头，他迅速抓在手中，掂了掂，手臂一扬，那石头便在小青蛇的头上重重地吻了一下。蛇便很快地滑下树干，在地上拼命地翻转，亮出白白的肚皮。臭小子心里有一种说不出的畅快。他站起身走过去，拎起蛇的尾巴，抡圆了，在地上狠狠地摔着，嘴里骂着："让你算计我！"

臭小子把蛇团了团，拿在手上。他望望天，拎起菜筐，穿过密密实实的林子，向坡下走去。

走出林子，臭小子觉出一阵风从女儿河河面上凉凉地吹过来，爽爽的。他的鼻子有些痒，就迎着太阳，仰起脸，脆脆地打了一个大喷嚏。

打了一个喷嚏，臭小子觉得很舒服。他吸吸鼻子，沿着女儿河河岸边的小道，往村子里走。

突然，臭小子听到不远处的红墙边有人在闷闷地喊。

臭小子望了望那个喊他的老者，不耐烦地叫："喊什么！"

喊臭小子的是在学校大门口值班室里上班的老人，他手里拿着一卷报纸，站在学校大门边的小房前。"我问你怎么上后山了？现在是上课时间。"

"我上不上课有你啥事？"臭小子继续向前走，"就你认真。"

老人拍了拍手里的报纸，嘴里叨咕着："小孩子别不上心，转眼你们就要上初中了。你没听校长讲吗，少壮不努力，老大徒伤悲。"

臭小子几步就跨到老人面前：把脚下的石板踏得咚咚山响。

他没有回答老人的话。他没有心情与老人拌嘴。

走了几步，臭小子突然想起什么，回身来到老人面前，"哎，你看我这筐山菜有没有假的，我认不全。"他伸手抓出一把山菜摆在地上。

老人的脸上满是不悦的表情，他蹲下身，拿起山菜看，不时拎出几棵扔在一边。臭小子甩起衣服在脖子上、胳膊上擦，就觉得胳膊和肩上一阵疼。他忍不住发出叫声："哎哟，这么疼！"

老人抬起头，问："你光膀子钻林子了？"见臭小子点头，老人"哼"了一声，说："亏你还是农村孩子，连咋采菜都不知道。"他把挑好的山菜收进筐里："告诉你，钻林子多热也不能脱衣服，最多是出一身汗，划出血道子可要疼好几天的。"

"真倒霉！"臭小子牙缝里的空气咝咝地响成一条线。

老人站起身，将挑出的假山菜甩到垃圾堆里。

臭小子拎起筐，看了看手里的蛇，重重地把蛇塞到老人的怀里："送给你吧，回家喝两盅。'

操场上，一群男生仍在满场奔跑，追逐一只已经看不出什么颜色的旧足球。操场旁边，女生正在垫子上做仰卧起坐，体育老师站在一边拿着本子记录。

在教室后山墙的拐角处，臭小子迎头撞上了小个子校长。校长的脸黑得像块铁，死死地盯着臭小子。

臭小子有点不知所措，茫然地看着校长，没有说话。

中午的阳光哗啦哗啦地在地上流。眼看到放学时间了，操场上的学生停止了奔跑，树一样整齐地站着，站成五颜六色的风景。体育老师正在高声说话。

臭小子摸了摸肩上的血道子，仍是疼得像刀割。他有点紧张。

校长的目光电一样在他胳膊上的血道子和手里的菜筐之间扫来扫去："你小子，怎勤快啦？"

"吃。"臭小子心里一阵堵，他扭了扭头，抬手打落在耳朵上爬来爬去的一只蚂蚁。他一动不动，目光落在校长的脚上，看校长布鞋上的泥点子。

"谁吃？你吃？"校长的话在阳光的冲击下变了形。

臭小子抖了抖衣服："我爹的病，沈阳医大也说治不好了。"

"谁吃？"

"他馋山菜。"臭小子的鼻子开始酸，那酸酸的感觉很活跃，迅速在他的鼻腔里弥漫，一直冲到眼眶里。

校长没有说话。

站了一会儿校长还没有说话。

臭小子突然觉得胳膊很酸，手里拎着的菜筐很沉。

这时下课的电铃声突然响起，刀一样把沉闷的空气划开了一条口子，汹涌而出。

老师（二题）

【班主任】

　　我上小学是在家乡的村小里，从一年级读到五年级，都是同一个老师当班主任，而且，是个女老师。小的时候不懂事，没有觉出班主任老师是男是女有什么关系。到了四年级，我开始注意到这个问题了。我始终认为女老师脾气好，自己平时适当调皮一些也不要紧。这大概和妈妈的脾气好有关系。

　　于是我们几个个子高一些的男生，胆子就渐渐大起来，尤其到了五年级，更是有点不把班主任老师放在眼里的味道。平时常常犯一些小错误，搞得老师哭笑不得，拿我们没有办法。

　　有一天下午，我们几个男生约好去女儿河里摸鱼。女儿河里有很多鱼，特别是白漂鱼，胆小，机灵，要抓住它们，很不容易。抓不容易抓到的鱼才有挑战性，我们就决定向白漂鱼宣战。下午以自习课为主，老师一般不把我们盯得死死的。我们3个男生采取的策略是，3个人分别向班长请假，不说具体理由，不说明具体情况，不等班长答应，说一声就跑开。我们成功地在女儿河边集合了。一下午，我们战果辉煌，摸到了四五斤白漂鱼。其实我们都心里清楚，摸多少鱼并不重要，重要的是我们真正轻松地玩了一个下午。

　　黄昏了，我们准备回家。却看见班主任老师正慌慌地沿着河岸找了过来。老师焦急的表情我们是第一次看到，心里不由得打起了鼓。但我们几个小声地嘀咕了一下，互相鼓励不要怕，老师不会把我们怎么样。老师跑过来时我们都没有紧张，看着老师，有一点理直气壮的意思。看见我们，老师似乎把一颗心放了下来。她并没有批评我们，甚至连气都没有生，只是疲惫地笑了一下，发出轻轻的一声叹。

我们犯了错误，她居然没有批评我们！

老师身体不好，这我们知道。刚才她肯定是为我们着急了，跑着来找我们，她累坏了。

回去的时候我们谁也没有说话。从那以后，我们几个谁也没有再调皮过，只要是老师说的话，我们就认真听，一点儿不打折扣。

转眼我已经工作了，想起小时候的调皮事，总是觉得对不起班主任老师。听同学说我们的班主任老师已经退休了，就在附近的一个小区住。我想去看一看她，却找不到她的家。

一天晚饭后，我和妻子散步，突然就看见了班主任老师。在大街旁边的空场上，鼓乐喧天，一大群人打扮得花枝招展，秧歌也扭得兴致正浓。扭在最前面的，就是我的班主任老师！她显然是这群老年人的"班主任"，大家都按照她的口令变换队形。看到老师脸上开心的笑容，我也笑了。我没有打扰她，和妻子默默地走开了。

【地理老师】

上到中学了，我认识了地理老师。

上地理课时，老师一走进教室，把我吓一跳，心里发出惊叹：哇，地理老师的个子可真高啊！

我觉得自己的个子已经算是高的了，站排要站在最后面。可我看他时，要仰脸才行。又瘦又高的地理老师给我们的第一印象就很特别。

可还有更特别的呢。

地理老师说话的声音很小，速度很慢，讲课时喜欢晃着头说话。我们普遍有这个感觉，就是不竖起耳朵，根本听不清老师讲课的内容。

那时我们都认为地理课不是主要课程，可以放松一点儿。大家就对上课时能不能听到地理老师的说话声不再放在心上。

地理老师似乎并不在意，在前面讲得一如既往地认真。

讲中国地形图时，老师拿着粉笔在黑板前比了一下。我们都意识到地理老师要有精彩表现了。果然，他手中的粉笔左扭一下右扭一下，在黑板上扭了起来。粉笔扭完了，一幅漂亮的中国地图就出现了！

我们忍不住叫起好来。想不到地理老师居然有这么一手。

我们对地理课的兴趣一下子就上来了。

讲到世界地图时，我们再次目睹了地理老师的风采。只见地理老师往黑板前一站，充分发挥了他个子高大的优势，以肩头为中心，以臂长为半径，用手里的粉笔在黑板上画出了两个相切的大圆。接着地理老师就开始用粉笔做世界旅行了。小小粉笔很快就勾画出了五大洲的轮廓，那每一条海岸线、每一种地形地貌都在地理老师的心里装着。老师用红色粉笔把中国的形状描了出来，然后画上了北京的位置。

地理老师画完世界地图时，我们不约而同地鼓起掌来。

从此，我们都非常喜欢上地理课。有一次老师指着挂在黑板上的一张世界地图问我们：从非洲最南端的好望角到南美洲最南端的合恩角怎么走最近？同学们比划着说，经过印度洋、澳洲、太平洋。但老师不说话，只是摇头。当大家静下来看着老师时，他指着地图说：只需横跨大西洋南端就行了！我们都恍然大悟，一下子明白了地球是圆的，而地图是展开的。

读中学时，地理老师是给我们留下印象比较深刻的一个。

当我从外地调回家乡时，却听到了地理老师已经因病在几年前去世的消息。我的心里真切地难受了一阵，地理老师的音容笑貌总是在眼前浮现。

有一次我乘车回农村老家看望我的父母，途经我读中学时学校所在的村子。村边的山坡上，就是墓地。我望着那片墓地，知道我的地理老师就长眠在那里。汽车开着，我确信没有人注意我。当车子离墓地最近时，我悄悄地冲着墓地摆了摆手。

永远的小人书

　　我还没有上学的时候，就开始喜欢看小人书了。我喜欢小人书上那一幅幅精美的图画。但是下面的文字我不认识，就缠着妈妈，让她给我读。时间长了，家里那不多的几本小人书我全都能背了下来。

　　后来我上了小学。那时候，对于一个乡下孩子来说根本没有其他课外书可读，所以，我就更加迷恋小人书了。我家的生活条件并不好，对于父母来说，恨不能一分钱掰成两半花。所以我根本没有零用钱。我经常到供销社商店里去，在卖小人书的柜台前转来转去，眼馋巴巴地看着那一本本崭新的小人书摆在柜台里，却买不到手，心里那滋味真是难受。

　　于是我就开始收集废品了。当时我能挣到钱的唯一办法，就是把可以卖钱的废品收集到一起，卖到供销社，把钱积攒起来。那时，拥有一套《钢铁是怎样炼成的》小人书，曾经是我最大的梦想，它们就摆在商店的柜台里，定价是一角七分钱。我暗下决心，一定要攒够这笔钱。我开始疯子似的全村乱窜，捡马掌、收集废塑料，连我和哥哥姐姐学习用过的练习纸、草稿纸都不放过。我觉得差不多时，就拿上废品去了供销社商店。卖废品的钱是一角二分，还差五分钱。买下小人书的欲望使我第一次壮着胆子向小伙伴借了五分钱。那是我最最高兴的一天，回家时我拿着那套《钢铁是怎样炼成的》，一边跳一边唱歌，心里那个美劲儿像过年。我跑到环村而去的河滩上，躺在被太阳晒得热乎乎的沙子上，躺在白杨树投下的阴影里，开始看我的小人书。我看得十分细心，看得忽略了树叶的喧哗和小鸟的鸣叫，看得忘记了周围的一切，直到妈妈站在街上大声地喊我回家吃晚饭……

　　用自己一分一角积攒的钱买的小人书，觉得特别珍贵，看得更加细心，而且反复看，理解小人书里的故事，理解人物的命运，也常常引起我的思索。虽然我的思索可能并不深刻，但很真挚、很用心。转眼30多年过去了，我拥有的那些小人书早已不复存在，但我从小人书中汲取的营养，像血液一样，至今仍然流淌在我的身体里，让我受益终生。